Reliure

デイジー・ミラー／ほんもの

ヘンリー・ジェイムズ
齊藤昇＝訳

幻戯書房

目次

ロゴ・イラスト——丸山有美
装丁——小沼宏之[Gibbon]

デイジー・ミラー

第一章　邂逅

　ヴヴェイというスイス西部の小さな町の一角に、格別に居心地よい空間を演出する一軒のホテルが佇《たたず》む。そこは観光客相手の商売を展開する地域とあってか、なるほどホテルなどの宿泊施設が多いことも確かだ。旅する多くの人たちにとっては、目の覚めるような鮮やかな青色が美しい水を湛える湖畔の町として記憶に深く刻まれる景観だろう。何しろ、その辺りは誰もが是非とも訪れてみたいと思う観光名所の一つなのだから。湖岸に沿ってびっしりとホテル群が列を成して立ち並んでいるが、それぞれに趣向を凝らした形態の旅宿が多彩に揃っている。たとえばこんな具合だ。新しく誕生したばかりのスタイリッシュな「グランド・ホテル」ならば、その前景は眩《まばゆ》いまでの白亜で彩られ、百くらいはあろうかと思われるバルコニー付きの客室を備えている。しかも、屋上には数十本の旗が翻る。ところが、前時代的でスイス風な建物を意識した小ぶりなペンションを思わせる宿屋となると、ピンク色か黄色に塗られた壁にドイツ文字と思しき屋号が刻まれていて、庭園の片隅には見た目も不格好な四阿《あずまや》が認められる。だが、ヴヴェイの町に佇む老舗的な貫禄を放つ旅宿として知られ、しかも重厚で古典的な風貌を持つ建物ともなれば、その豪華さと成熟した美しさは秀逸で、近年宿泊市場に本格的に参入をしてきた近隣の多くの新参者たちとは趣を異にする。六月に入ると、この地域はアメリカからの旅行者たちでたちまち溢れかえる。そのような季節を迎えたヴヴェイは、どこかアメリカ文化の趣を意識したウォーターフロントの歓楽的な景観を呈していると言えなくもない。人の耳に届くものと目にするもの、それらはニューポートやサラトガの情景や音風景を呼び起こさずにはいられないのだ。小粋に着飾ったお嬢さんたちは心なしか足取りも軽やかな感じがする。モスリンの薄手の平織り羊毛生地がカサカサと衣擦れする音が耳を覆う。そして朝方からダンスの音楽が次々と奏でられ、辺りを圧倒するような甲高い声が一日中鳴り響くのである。荘重で高雅な趣を添えるホテル「トロワ・クロンヌ」[001]で、こういった光景を目の当たりにすると、アメリカの「オーシャン・ハウス」とか、「コングレス・ホール」[002]にでも投宿して憩うかのような不思議な感覚に包まれる。しかし、ホテル「トロワ・クロンヌ」に纏《まつ》わる幾つかの特異な情景に関しては、さらに言葉を添える必要があるだろう。たとえば、こんな場面にも接するからだ。きちんと身なりを整えたドイツ人ウェイターは公使書記官のような佇まいを崩さないし、ロシアの姫君が庭園に腰を下ろして優雅に寛ぐ姿も見られる。あるいはポーランド人の少年が家庭教師に手を引かれて散歩する光景にも出くわすことがある。ホテルから眺める景色もまた一興だ。雪を冠したダン・デュ・ミディの美しい山頂部やスイスを代表する古城として名高いション城の優美な姿が目に映る。

　今から二、三年前こと。一人のアメリカ人青年がホテル「トロワ・クロンヌ」が擁する庭園に腰を下ろして、先ほど触れた周囲に広がる美しい情景をそこはかとなく眺めていた。果たして、それらの風物は彼の目にどのように映し出されたのか。故郷のそれらと類似するものなのか、あるいは異なるものなのか、詳しいことは分かりかねる。輝かしい晴れた夏の朝だったので、どのような思いを内に秘めながら眺めていたのかは別にして、何かしらそのような情景に対して魅力を感じた点があるはずだ。前日に青年はジュネーヴからやって来た。その目的はこのホテルに滞在している伯母に会うためだ。ジュネーヴでの生活が長くなってしまった彼だが、この度は小型の蒸気船に乗り込んでこの地に足を踏み入れたのである。ところが、伯母は頭痛に見舞われて樟脳《しょうのう》の香りを嗅ぎながら部屋で臥せっていた。これは繰り返し襲ってくる慢性頭痛の類いだった。そんな訳で、彼は持て余す時間をもっぱら散歩に充てることにした。彼は二十七歳の若者だ。友人たちが異口同音に、青年はジュネーヴで「勉学に勤しんでいる」と言う。彼に異論を唱える連中に言わせると、おっと失礼、そんな輩とはまったく無縁だった。彼はすこぶる穏やかな好人物であり、他人にとやかく言われる筋合いはない。一つちょっと言い添えておくことがある。これは他人から仕入れた話だが、青年がジュネーヴから離れようとしない理由は、そこに住む淑女にかなりご執心であることに由来するらしい。彼女は外国人で、年上の女性だ。実際のところ、彼女を知悉《ちしつ》しているアメリカ人はほとんどいない、と言うよりは皆無と言った方がいいだろう。いずれにしても、とかく噂の絶えない女性なのだ。この青年ウィンターボーンは以前からカルヴァン派の小さな拠点であるジュネーヴの風景に愛着を抱いていた。もっとも初等教育をそこで修め、後にそこの大学にも通ったほどだから愛着も強くなるはずだ。そうした環境も相まって、学生時代から気の置けない仲間がたくさんいる。多くの友だちとは途絶えることなく関係が続いているし、その友情は日々の生活に喜びを添えて、人生を豊かにしてくれる源となっていた。

伯母の部屋のドアをノックして、その体調が優れないことを知ると、とりあえず町の周辺のそぞろ歩きを楽しんだ後に、一旦ホテルに戻って朝食をとることにした。今、ちょうど朝食を済ませたところだ。公使書記官のような几帳面な所作を身につけたドイツ人ウェイターが、小ぶりのカップに注いだ食後のコーヒーを庭園に設えた小さなテーブルまで運んできてくれた。ようやくコーヒーを飲み終えると、おもむろにタバコに火を点けた。間もなくして年の頃は九歳か、いや十歳くらいだろうか、やんちゃそうな男の子が庭園の小径を歩いてやって来た。年齢のわりに小柄な少年だ。小生意気そうな表情を浮かべながら青白い顔色をしていたが、その凛々《りり》しい姿を崩さなかった。何しろ赤いストッキングにニッカーボッカーという出で立ちだ。細長い脚がむき出しになって見えるのも無理もない。そしてネクタイも鮮やかな赤が存在感を放つ。彼が手に握っているのは長いアルペンストック〔登山用の杖〕だが、それが届く範囲のすべてのものに手当たり次第、その鋭い先端で突こうとしていた。近くにある花壇や庭先のベンチや淑女たちが纏《まと》う長いドレスの裾などはもってこいのターゲットだ。この男の子はウィンターボーン青年の前まで歩み寄って立ち止まると、刺すような鋭い視線を彼に浴びせかけた。

「お砂糖を一つくれない？」と少年は少し耳にツンとくるような甲高くて細い声で訊ねた。それは子供っぽい声にもかかわらず、なぜかそんな風には思えなかった。

ウィンターボーンは傍らの小さなテーブルにチラリと目をやった。その上にはコーヒーに添える角砂糖がまだ幾つか残っていた。「ああ、いいよ。一つやるよ」と、彼は返事をした。「だけど、砂糖は子供にはあまり良くないんだよ」と言葉を付け加えた。

少年は前に進み出ると、どの角砂糖を選択するか、そのことにとても慎重になった。すると、そのうちの二つをニッカーボッカー風のズボンのポケットに忍び込ませ、もう一つを素早く口の中に放り込んだ。彼は槍《やり》のように先端が鋭いアルペンストックをウィンターボーンが座っているベンチに突き刺すと、角砂糖の塊を口の中で噛《か》み砕こうとした。

「なんてこったー。こりゃ硬ーいなぁ！」と叫んだが、それは何とも独特の訛《なま》った言葉遣いだった。

ウィンターボーンは、彼の訛りでアメリカ人だということがすぐにわかった。それゆえに同胞であるという事実を敬意と親愛の情を持って受け止めた。「歯を痛めないように気を付けて食べなよ」と、彼は慈父のような温和な口調で言った。

「歯の数がそうある訳じゃないから痛めようがないよ。次から次へと歯が抜けちゃって、今ではたった七本しかないんだ。昨夜だって、お母さんが僕の歯を数えてくれたんだけど、その後にすぐまた一本抜けちゃった。もうこれ以上抜けたらひっぱたくよ、なんてお母さんに言われたけど、僕にはどうしようもないことだよ。たぶん、これって古いヨーロッパの気候が原因じゃないかなぁ。アメリカにいた時には、歯なんか抜けなかったんだから。あるいはホテル住まいがいけないのかなぁ」

ウィンターボーンは、とても興味深く聞き入った。「じゃ、角砂糖を三個も食べたら、お母さんに間違いなくひっぱたかれるね」と、彼は言った。

「だったら、キャンディをもらいたいよ」と、少年はいちいち絡んできた。「ここにはキャンディっていうものがないんだよ。アメリカ風のキャンディなんて見たこともないさ。キャンディといったら、そりゃアメリカものに限るからね」

「というと、君は男の子もアメリカに限ると思ってんのかな?」と、ウィンターボーンは尋ねた。

「そんなこと、わかんないよ。ただし、僕はアメリカから来た男の子だけどね」と、少年は言った。

「結構、優秀な方じゃないかなぁ!」と、ウィンターボーンは笑みを零《こぼ》した。

「おじさんは、アメリカ人なの?」。やんちゃで活発な男の子は、そんなことを思わず尋ねた。ウィンターボーンが、そうだと返事をすると、「やはり、アメリカ人の男子は最高だよ」と、少年は何の迷いもなく言い切った。

そりゃ、どうもご親切にありがとう、と彼は謝意を表した。少年はアルペンストックを跨ぐような格好で立ち尽くし、周りに目を配りながら二つ目の角砂糖を口に放り込んで齧《かじ》った。ウィンターボーンもこの少年と同じような年頃にヨーロッパに連れて来られたが、その時分の自分もそんな風だったのだろうか。彼はしみじみと自分の過去を回想してみた。

「あっ、お姉ちゃんが来た！」と、しばらく時間をおいてから少年は声高に言った。「お姉ちゃんもアメリカ人だよ」

ウィンターボーンが小径に目を注ぐと、こちらに向かって歩いて来る若くて美しい女性の姿が目に入った。

「アメリカ人の女性はいいね。最高だ！」と、彼は少年に向かって陽気な調子で賛美した。

「僕のお姉ちゃんは、最高なんかじゃないよ！」と、彼は言い切った。「何しろ四六時中、ぶつぶつ文句ばかり言っているんだから」

「それはお姉さんに非があるんじゃなくて、君が何か文句を言われるような事をしたんだろう、と思うけど」と、ウィンターボーンはそんな言葉を漏らした。その間にも、彼女はすぐ傍まで近づいて来ていた。彼女は白いモスリンを纏い、それには夥《おびただ》しい数のフリルやフラウンス〈ひだ飾り〉が付いていた。さらに淡い色のリボンが上品に結ばれている。帽子を被っていなかったが、広めの縁に刺繍《ししゅう》を施した大きな日傘をさしていた。それにしても、大人の魅力と美しさが一際目立つ素敵な女性だ。「なんて美しい女性なんだろう！」と、ウィンターボーンは思った。そしてベンチから立ち上がろうとするかのように上半身を伸ばして姿勢をシャキッと正そうとした。

この美しい女性はベンチの手前で歩みを止めた。そこは庭園の手摺《てすり》壁に近い位置にあり、湖が一望できる場所だ。少年は例のアルペンストックを棒高跳びのポールに見立てて、砂地の上に突き立てながらはしゃいでいた。その際に砂利を蹴散らしていた。

「あらら、どうしたのランドルフ？」と、美しい女性は少年に声をかけた。「一体、ここで何しているの？」

「アルプスに登ってんだよ」と、ランドルフ少年は答えた。「ほら、こんな調子でね！」と言うと、少年はもう一度飛び跳ねた。すると、その反動で小石がウィンターボーンの顔の辺りに少しばかり飛び散った。

「そんなやり方だと、上から何かが落ちて来ちゃうよ」と、ウィンターボーンは言った。

「あっ、この人、アメリカ人だよ！」と、ランドルフ少年は語気を荒げた。

若い女性はその言葉に耳を貸さずに、じっと自分の弟ランドルフの振る舞いを見つめていた。「いいわね、もう少しおとなしくしていて頂戴」彼女は言葉をそれだけに留めた。

ウィンターボーンは今の少年の言葉でそれなりに紹介されたものと思ったので、やおら立ち上がり、タバコをポイっと投げ捨てた。それから彼女の方へ歩み寄った。「この坊ちゃんとは先ほど知り合いになりましてね」と、ウィンターボーンは柔らかい丁寧な口調で言った。ジュネーヴでは、若い男が未婚の女性に気軽に声をかけるのはご法度とされている。もっとも何か特別な事情があれば別だが。ウィンターボーンは、そのことを重々心得ていた。しかし、ここヴヴェイでは、これ以上ないという好条件に恵まれた。そうではなかったか？　愛くるしい美貌のアメリカ人女性が庭園に姿を現し、目の前に立っているのだ。ところが、この美しいアメリカ人女性はウィンターボーンが零したあの言葉を耳に留めたはずなのに、ちょっと視線を注ぐだけで、すぐに顔を背けて手摺壁の向こう側に見渡せる湖と対岸の山々に目を向けてしまった。ウィンターボーンは少しばかり軽率な振る舞いをしてしまったかと心苦しく思ったが、身を引くなどと悩む前に前進あるのみだと覚悟を決めた。彼が次にどのような声掛けをしたらいいものかを思案していると、彼女はまた弟の方を向いた。

「その棒だけど、どこから持ってきたの」と、彼女は訊いた。

「買ったんだよ！」と、弟のランドルフは答えた。

「まさか、それをイタリアまで持って行くんじゃないわよね」

「そうだよ。もちろんイタリアに持って行くよ！」少年は威勢よく言った。

若い女性は自分のドレスの前に目線を泳がせて、リボンの結び目を一つ、二つ直した。それから再び湖の景色をしみじみと眺めた。「その棒はどこかに置いて行きなさいよ」と、しばらくしてから彼女は言った。

「イタリアに行かれるんですか？」と、ウィンターボーンは満腔《まんこう》の敬意を込めて尋ねた。

すると、若い女性はまた彼の方に目を向けた。「はい、イタリアに参ります」と、彼女は答えた。それだけ言うと口を閉ざした。

「というと、スイス南部にあるシンプロン峠を越えるんですね?」、ウィンターボーンは言ったが、その言葉は幾分戸惑いながら口を衝いて出たものだった。

「よく承知していないんですが、たぶんどこかの山を越えるんでしょうけど。ねぇ、ランドルフ、どこの山を越えるの?」

「山を越えるって、どこへ行くのに?」と、少年は詰め寄った。

「イタリアだよ」と、ウィンターボーンが口を挟んだ。

「そんなこと知らないよ」と、少年は返事をした。「僕はイタリアなんかに行きたくないだもの。アメリカならいいいけど」

「ああ、そうなんだ。けど、イタリアは素晴らしい国だよ!」と、ウィンターボーン青年は言った。

「じゃ、イタリアにはキャンディがあるの?」と、ランドルフ少年は声高に尋ねた。

「キャンディなんか、ない方がいいわ」と、ランドルフ少年の姉は言った。「これまでにもたっぷり頂いたでしょ。お母さんだって、そう思ってるわよ」

「とんでもない、もう随分と長い間食べてないよ。そ、百週間くらいかかな!」と、相変わらず飛び跳ねてはしゃぎながら叫んだ。

若い女性は、またドレスのフラウンスとリボンの結び目に注意を払った。そして、ウィンターボーンは敢《あ》えて素晴らしい景色について触れて、ためらいつつも話を切り出した。彼女にはまったく遠慮や気遣いをする様子が窺えないので、自然と彼も彼女に対する気遣いへの意識が薄れた。その魅力的な表情に変化の色など微塵《みじん》もない。果たして機嫌を損ねたのか、気を良くしたのか、明らかにそのいずれでもなかった。彼がせっせと話しかけても、目を合わさずにあらぬ方向を向いていたり、真剣に聞いているとも思えない様子だが、それはどうやら彼女の単なる癖というか、そういう習慣的なスタイルを旨としているのだろう。だが、ウィンターボーンがそれでも話をめげずに続けて、目の前に展開する情景について彼女に説明を施してあげると、それらに不案内だったこともあり、次第に彼の方に視線を向けるようになった。その視線には遠慮や気遣いといった様子が、まったく窺えなかった。だからといって、それは慎み深さを捨てたような視線ではない。彼女の瞳の奥には、たぐいまれな誠意と清冽《せいれつ》なる魅力が潜んでいた。それにしても、世にも美しい瞳である。ウィンターボーンは、久しくこのような傾城の美女と邂逅する機会がなかった。その表情、鼻筋、耳たぶ、歯並び、顔のどこを取っても同じアメリカ人女性とは比べものにならないほど美しかった。ウィンターボーンは素敵な女性を見抜く鋭い審美眼を持っていて、その観察と分析にかけては一家言ある男だ。だから、この若い女性の容姿についても油断なくその観察眼を働かせた。彼女の顔の表情が乏しく活気がないという訳ではまったくないが、実際はそれほど豊かでもない。なるほど繊細で美形の顔立ちだが、ウィンターボーンの心の呟《つぶや》きだと、——思慮を欠くことなく評すれば——もう一味足りなかったようだ。ランドルフ坊ちゃまの姉上様は、もしかすると男を虜《とりこ》にする魔性の女かもしれない。無論、それなりの胆力を内に秘めているのも確かだが。だからと言って、その明るく純真で無邪気な仕草と愛くるしい表情に嘲りや皮肉が滲むことはない。ほどなくして、彼女はなかなかの話好きであることが判明した。彼女の話によると、この冬はローマで過ごすことになっているようだ。弟のランドルフと母親も一緒だ。彼女はウィンターボーンにこんな風に尋ねた。「本当にアメリカの方ですの?」と。どうやらアメリカ人だとは思わなかったようだ。むしろドイツ人じゃないかと思い込んでいたのだろうか。特に話し方のせいかもしれないと、少々の戸惑いを見せながら言った。ウィンターボーンは、これまでの記憶を手繰り寄せれば、アメリカ人のように話すドイツ人にはお目にかかったことがあるが、ドイツ人のように話すアメリカ人には巡り会ったことがない、と笑いながら答えた。それから話題を移して、彼はさっきまで座っていたベンチに腰掛けたらいかがですか、その方がずっと楽ですよと彼女を誘った。私は立っているのが好きだし、歩き回っている方がいいの、と彼女は答えたが、間もなくするとベンチに腰掛けた。彼女は言う。自分はニューヨークから来たんだと。「御存じかしら」と、彼女は言葉を添えた。ウィンターボーンはウロウロと落ち着きなく歩き回る彼女の弟をつかまえて、傍に数分間立たせている間にも、彼女に纏わるいろんな情報を得ることができた。

「ところで、君の名前は何て言うんだっけ？」と、ウィンターボーンは訊いた。

「ランドルフ・C・ミラーだよ」と、ハッキリした口調で答えた。「ついでに、お姉さんの名前も教えてあげるよ」そう言うと、少年はアルペンストックの先端を姉の方に向けた。

「そのようなことは、人様に尋ねられるまで自分からは言わないものよ」と、落ち着いた口調で若い姉は言った。

「では、お名前を是非ともお聞かせ願いたい」と、ウィンターボーンは言った。

「お姉ちゃんの名前は、デイジー・ミラーっていうんだ！」と、少年は叫んだ。「でも、それは本当の名前じゃないんだよ。名刺に記載されている名前じゃないってこと」

「私の名刺なんか、持ってないでしょ？」と、ミラー嬢は言った。

「本当の名前はアニー・P・ミラーっていうんだよ」と、少年は言葉を続けた。

「ところで、こちら様のお名前を伺ったら？」と、彼女はウィンターボーンに視線を注ぎながら弟に言った。

しかし、弟のランドルフはそんなことにはまったく頓着せずに、ずっと自分の家族に関する情報を提供し続けた。「僕のお父さんの名前は、エズラ・B・ミラーっていうんだ」と、彼はウィンターボーンに伝えた。

「僕のお父さんはヨーロッパにはいないんだよ。もっと良い場所にいるから」

ウィンターボーンは一瞬、こんな風に思った。すなわち、父親のミラー氏はすでに天国に召されているので、このような表現を使うように教えられているんだろうと。しかし、ランドルフ少年は、急いでこう付け加えた。「ニューヨーク州にある都市スケネクタディにいるんだ。そこでお父さんは大きな事業を営んでいるよ。結構やり手で、羽振りがいいんじゃないかなぁ」

「あらあら、そんなことまで喋《しゃべ》ってしまって」と、ミラー嬢は衝動的に言った。それから日傘を斜めに下ろして縁取りの刺繡を露わにさせた。ウィンターボーンは少年を解放させてあげると、彼はアルペンストックを引きずるようにして、小径に沿って去っていった。「あの子はヨーロッパが好きではないんですよ」と、若いミラー嬢は漏らした。「アメリカに帰りたがっているんです」

「つまり、スケネクタディにですか?」

「そうです。今すぐにでもと思っているようです。こっちにいたって上手く友達も作れないし、まぁ実際には一人だけいるんですが、生憎《あいにく》その男の子には家庭教師の先生が付きっきりなので、自由気ままに遊べないんです」

「それで、弟さんには先生が付いていないんですか?」と、ウィンターボーンは訊いた。

「母は旅に同行してサポートしてくれるような家庭教師がいないものかと探していたのですが、ある時たまたまとても優秀なアメリカ人教師を紹介してくださるという女性に巡り会えたんです。その方をご存じかもしれませんね。名前をサンダースさんと言って、確かボストン出身の女性です。彼女から話を伺った上で、それではサンダースさんにお願いして、私共の旅にご一緒していただこうということになりました。ところが、ランドルフが家庭教師の先生と一緒に旅するのは嫌だと言い出したんです。列車の中で勉強をしたくないというのです。まあ旅だと言っても、半分は列車の中で時間を費やす訳ですからねぇ。そんな折に、同じ列車に偶然、一人のイギリス人女性と乗り合わせたのです。フェザーストーンとおっしゃっていたと思いますが、もしかしてご存じありませんか？　そのお方がおっしゃるには、ではお姉さんが弟さんに教えてあげたらいかがかしらって。確か基礎知識の手ほどきをしてあげたらどうかしら、そんな表現をされていましたが。むしろ、私の方が知識の手ほどき受ける羽目になってしまいます。何しろあの子の方がずっと賢いのもので」

「そのようですね」と、ウィンターボーンは同意した。「なるほど、確かに弟さんは利発で頭がいいですよね」

「イタリアに着いたら、すぐにでもあの子のための家庭教師を探そうと、母が言うんですが、いい先生がいるかしら？」

「結構なことですね。もちろん、いい先生がいると思いますよ」と、ウィンターボーンは答えた。

「それがダメならば、せめて適当な学校を探し当てて、しっかり勉強をさせようと考えているんです。もっと勉強させなければならない、と親は思い込んでいるんですよ。まぁ弟はまだ九歳ですし、将来は大学に行くでしょうから」。こんな調子で、ミラー嬢は何かと話題になることの多い家族の話だけに留まらず、その他の事柄についても淀《よど》みなく話し続けた。彼女は眩しいほどの輝きを放つ指輪を嵌《は》めたとても美しい手を膝の上に据えてベンチに座った。その美しい瞳がウィンターボーンの顔をじっと覗き込んだかと思ったら、今度は庭園に目を移した。そして、その視線は傍らを通り抜ける通行人にも注がれ、さらに美しい景色へと及んだ。彼女のウィンターボーンに対する話し方には、どこか昔から知っているとでも言いたげな口ぶりが窺えた。彼にはそれがとても心地よかった。若い女性がこんな調子で饒舌《じょうぜつ》に語るのを耳にしたのは、随分と久しぶりのことだった。見知らぬ女性がいそいそと近寄って来て、ベンチでたまたま横に座っている。彼女は饒舌を好む傾向が強い女性だと思えた。彼女はたおやかな女性だ。しとやかに座っている姿は凛《りん》として魅力的だが、口と目は動き続けて休むことを知らない。その声は軽く細く、そして柔らかい。また、さらりと愛想を込めて心地よい口調で話す。彼女はこれまで旅した行程や目的についてウィンターボーンにつぶさに語って聞かせた。母親や弟についての諸々のこともしかり。とりわけ、各地で宿泊したホテルを一つ一つ数え上げて、その内幕を赤裸々に打ち明けた。「例の同じ列車の中でお会いしたイギリス人女性、――フェザーストーンさんですが――そう言えば、彼女はこんなことを尋ねられました。アメリカでは、みなさんホテル住まいが当たり前なんですかと。ですから、私はヨーロッパに来るまで、こんなに幾度もホテルに泊まったのは初めてだとお答えしました。こんなにたくさんホテルがあるなんて驚きです、と申し上げたのです。ヨーロッパって、ホテルにはまったく不自由しないところだわ」。そう言ったからといって、ミラー嬢は別に皮肉や嫌味を言っている訳ではない。すべてにおいて上機嫌な様子に思えたからだ。ホテルの独自の様式や仕来りに一旦、慣れてしまえば、これほど心地よい空間とは思わなかったし、ヨーロッパは文句なしに素敵なところだと明言した。だから、彼女には失望感など微塵も窺えない。それはたぶん以前から、いろいろと耳を潤してきたからだろう。彼女にはヨーロッパに思いを馳せ、幾度も幾度も旅行した友達が何人もいるらしい。それに、パリから取り寄せたドレスを幾つも持ち合わせているとのこと。そんなパリ製のドレスを身に纏えば、あたかもヨーロッパにいるような気分を満喫できるらしい。

「まるで願いを叶える魔法の帽子みたいですね」と、ウィンターボーンは言った。

「そうですわね」と、ミラー嬢はその言葉の真意をよく吟味もせずに受け入れて、こんな風に言った。「ですから、いつもヨーロッパという抗し難い誘惑に駆られてしまうのです。でも、単にドレス目当てだけなら、わざわざこちらまで来る必要がないわよね。だって、これはと思う素敵なドレスは、きっとみんなアメリカの市場に送り出されてしまうんでしょ？　こちらで見かけるのは、あっと仰天させられるようなものばっかり。好ましくない特性があるとすれば、それは社交界のことでしょうか」と、彼女は話を続けた。「憧れの社交界ってあるのかしら。あるとしたら、果たしてどこに存在するの。ご存じですか？　たぶんどこかに存在するのでしょうけど、私にはよくわかりません。私は優雅で活気に満ちた社交的な場が好きなのです。ですから、いつも大人の社交場にふさわしい振る舞いを大いに楽しんでいるという訳です。スケネクタディだけでなく、ニューヨークの社交界にも顔を出しておりました。冬になると、いつもニューヨークの華やかな社交界にいたものです。とくにニューヨークは大人の社交の場が盛んですよ。昨年の冬には、私のために十七回もディナー・パーティーを催して頂きましたのよ。そのうちの三回は男性たちによって」と、デイジー・ミラーは付け加えて語った。そして、一呼吸置いて言葉をさらに続けた。「私はスケネクタディよりもニューヨークの方にお友達が多いかもしれません。男性も女性も同じくらいたくさんの数のお友達に恵まれています」と言った後に、少し間があった。生気に溢れる瞳にも、どこか味気ないが明るいさらっとした笑みにも、あの愛くるしい所作が窺えた。そんな雰囲気を醸し出しながら、彼女はウィンターボーンを見つめた。「そんな訳で、男性ともお付き合いに発展する機会が多かったのです」

それを聞いたウィンターボーンは愉快な当惑を感じながらも、すっかり魅了されてしまった。何しろこれまでうら若き女性がこんな調子で赤裸々な気持ちをありのままに吐露する様子に接したことがなかったからだ。そんな振る舞いをしたら、わざわざ自分から行儀の悪さを露呈するようなもの。それは明らかなはずだろう。では、そんな道理でデイジー・ミラー嬢を咎《とが》めることができるだろうか？ ジュネーヴ流の表現を使えば、「不品行」ということになるだろうが、果たして彼女はそのような人物なのか、あるいはその素質を秘めているのか。ウィンターボーンはジュネーヴにあまりにも長く滞在しすぎたと思った。その分、多くのものを失ったように感じた。すでにアメリカの慣習から縁遠くなってしまっていたのだ。来し方を振り返ってみても、こんなに明朗でハキハキと喋るアメリカ出身の若い女性に出会ったのは初めてだ。しかも、こんなにも美人で驚くほどの社交性を見せつける女性に！　彼女は単にニューヨーク州で育った可愛い女の子というだけなのか？　果たして、みんなこんな感じなのか？　つまり、こういった女性はどちらかといえば男性との交友関係が派手だという意味だが？　さもなければ、彼女は予測できない大胆な性格の持ち主で、しかも無節操な手に負えない女性なのか？　ウィンターボーンはその辺の勘が冴えない。結局、どう考えても理屈に合わないことなのだ。デイジー・ミラー嬢は、見たところ無垢《むく》そのままの存在に思えた。アメリカ人の娘さんはとても素直で純真無垢だと言う人、いやそうではないと言い張る人、見解は人それぞれだ。真実の姿を見抜く目なんて、所詮当てにならないものである。ウィンターボーンの目線からすれば、どうやらデイジー・ミラー嬢は遊び好きで、ちょっぴりお茶目な可愛い女の子のように見えた。これまでに、この手の女性と何らかの関わりを持つに至ることはなかった。しかし、彼だってヨーロッパにいれば、二、三人のなかなか手ごわい妖艶な女に出くわしたこともある。いずれもデイジー・ミラー嬢よりも年上の女性だ。一応、彼女らは既婚者という立場にもかかわらず、いずれも男を徹底的に翻弄するような魔性の女なので、深入りは禁物だ。厄介ごとに場合によっては、巻き込まれてしまう可能性があるからだ。しかし、ここにいる若いデイジー・ミラー嬢は、そういった意味において、あばずれ女という範疇《はんちゅう》には入らない。あまりに世間知らずで、他愛もない遊びごとにご執心の可愛いアメリカ人の女の子に過ぎないと言ってよい。ただそれだけだ。

ウィンターボーンはデイジー・ミラー嬢がどの範疇に属する女性であるか、それを見極めることができた。それゆえに、やんわりとした安らぎに包まれた。彼はベンチの背に凭《もた》れて、思わず心の中で呟いた。何故かこんな魅力的な鼻の形をした女性に一度も巡り会ったことはないと。一般的に言って、無条件に可愛いコケティッシュなアメリカ人女性と付き合うには、どんな条件が必要で、どんな制限があるのだろうか。彼はそんなことを思案したが、やがて合点がいく時が来るだろうと思った。

「あの古城に足を運ばれたことはありますか？」と、若いデイジー・ミラー嬢は、遠くで輝くション城の城壁を日傘の先端で指しながら尋ねた。

「ええ、以前に幾度か」と、ウィンターボーンは答えた。「あなただって、もうご覧になったんでしょ？」

「それがまだなんです。一度は是非とも訪れてみたい場所なんですが。もちろん、行くつもりではいますけど。あの古城を見ずにして、ここを離れるなんてできませんもの」

「足を延ばすには打ってつけの観光スポットですよね」と、ウィンターボーンは言った。「あそこまでなら訳なく簡単に行けますよ。馬車でも行けますし、小型の蒸気船も出ていますから」

「列車でも行けますわよね」と、ミラー嬢は追って訊いてみた。

「そうですね。列車でも大丈夫」と、ウィンターボーンは同意した。

「旅のお供をしてくれる私たちの観光案内人に訊いたら、どうやらお城の近くまで列車で行けるようですね」

と、若い彼女は話を続けた。「実は先週、行くことになっていたんですが、生憎、母が体調を崩してしまい、しきりに胃の不調を訴えて行かれないと言うのです。とうとう弟のランドルフまで行きたくないと駄々をこねる始末。古い城なんか見たくないと言うんです。でも、弟をおだててその気になるように仕向けることができれば、今週には行けるでしょう」

「弟さんは、城郭という過去の遺物などに関心がないのかもしれませんね？」と、ウィンターボーンは穏やかな笑みを浮かべて言った。

「そっ、あんまり興味がないみたいですね。まだ九歳ですので。なんかホテルにいる方が居心地いいみたい。母親には何かと心配性なところがあるので、弟を一人でホテルに置いておけないと言うし、お供の観光案内人は弟と二人きりになるのを避けようとするので、結局、大した観光もできないんです。でも、だからと言ってあの古いお城を見学することができないのはとても残念だわ」と、言うとミラー嬢は、再びション城を日傘の先端で指した。

「でもまあ、何とかなるんじゃないかな」と、ウィンターボーンは慰めた。「午後にでも、ホテルに来て弟さんの面倒を見てくれる人がいればいいんですよね？」

ミラー嬢はウィンターボーンの方をチラッと見て、それから冷静な口調で言った。「あなたが弟と一緒にいてくださるといいんですが」

ウィンターボーンは一瞬、ためらいの表情を覗かせた後に、「それなら、むしろ私がションン城にご一緒させて頂きたいのですが、いかがでしょうか？」

「え、私とですか？」若い娘さんは、落ち着いた調子を崩さずに尋ねた。

彼女は仄《ほの》かに頬を朱に染めて、すぐに立ち上がろうとするような動作は一切しなかった。ジュネーヴの若い女性たちとは、そうした所作が違っていた。ウィンターボーンはいささか不躾《ぶしつけ》な切り出し方だなと、思わず恐縮した。彼女を怒らせたかもしれないと不安を覚えたのだ。それもあって、「あなたのお母さまもご一緒に」と、彼は遠慮深げに付け加えた。

しかし、そんな厚かましい態度や恭しい言葉に対しても、デイジー・ミラー嬢は全然平気な様子だった。

「たぶん、母は行かないと思います」と、彼女は言った。「何しろ午後から出かけるのが嫌いな性分ですから。ところで今、おっしゃったこと本当ですか？　お城にご一緒してくださるということ」

「ええ、もちろんですとも。是非ご一緒させてください」と、ウィンターボーンは歯切れよく言った。

「じゃ、どうにかして事が上手く運べるようにしましょう。もし母がランドルフと一緒にホテルに残ることになれば、ユージニオもそうするだろうと思うの」

「ユージニオって？」と、ウィンターボーン青年は訊いた。

「ユージニオというのは、私どもの観光案内人です。あの人はランドルフと二人っきりになるが嫌なんです。

とびきり強情で気難しいところがある人なんですよ。でも、観光案内人としては優秀なのよ。母が一緒なら、あの人もホテルに居残ってくれるでしょう。そうすれば、私たち、お城見学に行けますわね」

ウィンターボーンは、彼女の放った言葉を一瞬、可能な限り最も明確なわかりやすい形に導いてみた。「私たち」とは、単純にデイジー・ミラー嬢と自分自身のことだと解してよいものか。ともあれ、話があまりにもトントン拍子に進み過ぎて逆に怖いくらいだ。思わず、感激のあまり彼女の手に口づけをしたい衝動に駆られたほどである。もし迂闊《うかつ》にもそんな行為に及んでしまったら、危うくこれまでの一連の流れを台無しにしてしまうところだったろう。ちょうどその瞬間に、ユージニオとか言ったであろうか、その人物が現れたのだ。すらりとした長身で端正な顔立ちの男だった。立派な頬ヒゲをたくわえ、ビロードのモーニングコートを格好良く着こなし、懐中時計のフォブチェーンをキラリと輝かせていた。この男はウィンターボーンにチラリと鋭い視線を流しながらミラー嬢に近づいた。「あら、ユージニオじゃないの?」と、彼女はとても優しく親しみを込めて声をかけた。

ユージニオはウィンターボーンの頭のてっぺんから爪先まで、それこそ舐《な》めるように視線を這《は》わせていたが、さっきの掛け声に応えるかのように、この若い娘に恭《うやうや》しく頭を垂れてお辞儀をした。「お嬢様、ご昼食のご用意が整いましたことをお知らせに参りました」

ミラー嬢はゆっくりと立ち上がった。「ねぇ、ユージニオ、私、あの古いお城を見に行くことにしましたわよ」と、彼女は言った。

「つまり、ションを見学に行かれるということですか？　お嬢様」と、彼は尋ねた。「お嬢様のご仕様でその手配を進められたのでしょうか？」と、彼はさらに言葉を付け加えた。ウィンターボーンには、それはいささか不遜な物言いに思えた。

一方のミラー嬢にも、その立場に鑑みて何となく嫌味な感じがする言葉だと思えた。彼女は頬をほんのり紅色に染めて、ウィンターボーンの方を見た。ほんの少し紅色に染まっていたのだ。「先ほどのお言葉を取り下げるようなことはなさらないでね、よろしいでしょ？」

「もちろんですとも。ご一緒させていただけたら光栄です」と、ウィンターボーンは力強く言った。

「あなたは、このホテルにお泊りなんですね？」と、彼女は続けて尋ねた。「それと本当にアメリカ人の方ですよね？」

観光案内人のユージニオはその場に立ちすくんで、ウィンターボーンに向けて慇懃《いんぎん》無礼な眼差《まなざ》しを浴びせた。それはミラー嬢にも失礼な印象を与えてしまう所作だと、少なくともウィンターボーンには思えた。こんな風にして男に執拗に言い寄るのか、と言わんばかりの露骨な表情にも思われがちだ。「私の身元を保証してくれる人物をご紹介させていただきます」と、彼は自分の伯母を頭に描きながら微笑を零して言った。

「じゃ、いつか近いうちにご一緒しましょう」と、ミラー嬢は言うと、ニコッと笑ってウィンターボーンに背を向けた。それから、彼女は日傘を広げてユージニオと並んでホテルに戻った。ウィンターボーンはその去り行く華麗な身のこなしをただつくづくと眺めていた。彼女が砂利道をモスリンの裾を引いて軽やかに歩く姿には、まるで王女のような高貴さが漂っていると、ウィンターボーンには思えて仕方なかった。

第二章　散策

　ところで、デイジー・ミラー嬢を伯母のコステロ夫人に引き合わせるという先ほどの約束だが、それを果たすことは現実的には困難を極めた。ようやく伯母の頭痛が改善しそうな頃合いを見計らって、ウィンターボーンは彼女の部屋を訪れ、早速、病床を見舞った後に、このホテルでアメリカ人の家族連れ、すなわち母親、娘、そして小さい男の子を見かけたかどうかを尋ねた。

「それに観光案内人もでしょ？」と、コステロ夫人は言った。「ええ、見かけましたよ。その様子や話の内容から判断して、あまり深く関わらない方がいいんじゃないかと思いました」。コステロ夫人は資産家の未亡人で、社交の場では優雅で卓越した存在だった。もしこんな酷《ひど》い頭痛もちでなかったら、もっとその名を世に轟《とどろ》かせていたろう、と彼女はいつも口癖のように言っている。色の白い面長の美しい顔で、鼻筋がスッと通っていた。そして、目立つほど豊富な白髪が渦巻き状に頭部を覆っている。彼女は三人の子供に恵まれ、二人はニューヨークで結婚して暮らしていたが、もう一人は現在、ヨーロッパに来ていて、ドイツのハンブルクで充実した時間を満喫している。この青年は自由な旅人の身であるにもかかわらず、母親が自らしかるべき時期と滞在先を知らせても、そこに姿を現すことはまずない。そういう意味では、それまで自分が手塩にかけて育てた子供たちよりも、わざわざヴヴェイまで会いに来てくれた甥《おい》の方がよっぽど優しい、と思わざるを得なかったのだ。ウィンターボーンは伯母にはいつも優しく接するべきだと考えていた。それはジュネーヴにいる時に形成された作法のようだ。コステロ夫人が甥のウィンターボーンに会うのは久しぶりで、そんなことも相まってか、喜びも一入《ひとしお》だ。彼女はニューヨークの中心である社交界での強い影響力と存在感を誇示するかのように、ウィンターボーンに業界組織の内幕の細かいあれこれを語って聞かせた。彼女は特定の紳士淑女とだけ交際する志向性を持っていることは認めたが、ニューヨークの実情を承知している者はそうせざるを得ないと言うことだ。そして、彼女はニューヨークの社交界は細かく階層的に組織されているので、そうした構造を多角的に説明した。ウィンターボーンはその異様なまでの内情に気圧《けお》されてしまった。

彼はコステロ夫人の口振りから察して、デイジー・ミラー嬢の社交界における地位は低いことが即座にわかった。「伯母様はあの方々をお気に召しませんか?」と、彼は訊いた。

「およそ上流階級とは縁遠い存在だわね」と、コステロ夫人は言い放った。「あのような人たちは同じアメリカ人と言っても受け入れが難しいわよ。当然と言えば当然でしょうけど」

「そうですか、受け入れ難いですか?」と、青年は言った。

「そりゃ、そうでしょ、フレデリック。たとえ気持ちはそうであっても、やっぱり難しいわね」

「あのお嬢さんは、とても美しいお方ですよね」と、ウィンターボーンはわずかの間を置いて言った。

「そうね、確かに綺麗な女性だわね。でも、今は気遣いや振る舞いの品格が問われる時代なのよ」

「なるほど、おっしゃることわかります」と、ウィンターボーンは、また間を置いて言った。

「顔立ちは若々しいさが際立つチャーミングな魅力を放っているわね。ああいう人たちって、みんなそれなりに魅力的なのよ」と、伯母は話し続けた。「どうしたら、あのように人を惹きつける魅力を持てるのかしら。ドレスの着こなしだって完璧ですものね。――ああそっ、あなたにはドレスのことなんて、よくわからないわね。それにしても、あんなセンスをどこで身に付けたのかしらね」

「お言葉ですが、まぁ彼女が野蛮人という訳でもないでしょうから」

「あのお嬢様は若いし、何でも母親が雇っている案内人と昵懇《じっこん》な間柄だと言うじゃありませんか？」

「えっ！　彼女は案内人とそんなに親しいんですか？」と、青年は詰問するような調子で言った。

「母親のしつけも悪いのよ！　あんな雇人をまるで親しい友達のように扱っているんだから勘違いさせてしまうわよ。あたかも紳士のように遇しているんだからね。あるいは食事にも同席させているんじゃないかしら。きっと、あんな風に紳士然として振る舞う男に、今まで出会ったことがないんじゃないの。あの男の立派な服装から洗練された振る舞いまで、そうした紳士っぽい立ち居に惹かれたんでしょ。若い娘さんには、理想の伯爵像として映ったんじゃないかしら。あの男、夕暮れ時になると、一家のみんなと一緒に庭園に腰を下ろして寛いでいるし、悠長にタバコなんか吹かして楽しんでいるんじゃないの」

ウィンターボーンは、こうした真剣に聞く値打ちのある話に興味が湧いた。これはデイジー・ミラー嬢の実像に迫るのに大いに役立つからだ。どうやら彼女は品格に欠ける女性らしい。「僕は雇人じゃありませんが、彼女には愛嬌《あいきょう》たっぷりの所作で構ってもらいましたよ」

「そうなの。じゃ、最初からそうだとおっしゃいなさいよ」と、コステロ夫人は厳然とした態度で言った。

「知り合いと言っても、庭園でたまたま出会って、ちょっと話をしただけなんですが」

「会って、ちょっと話しただけって。だったら何話したの？」

「僕には敬愛する伯母様がいるんで、是非お引き合わせ願いたいものだと」

「それは光栄だわね」

「僕の身元を保証してほしかったので」と、ウィンターボーンは言った。

「じゃ、あのお嬢様の身元の保証は誰がするの？」

「それはとても酷な話ですよ。彼女は素直で気立てのいい娘さんなんですから」と、青年は言った。

「あなたの言いっぷりだと、そうじゃないみたいだわよ」と、コステロ夫人は言った。

「ううん確かに、この人、結構、無教養だなぁと感じるところがありましたが」と、ウィンターボーンは続けて言った。「でも、彼女はすこぶる別嬪《べっぴん》さんですよ。つまり、気立ての良い人なんです。口先だけの賛辞じゃないことを証明するために、近々僕はあの女性をション城までお供するつもりです」

「二人で一緒に出掛けるの？　そんなことしたら、あなたがさっきおっしゃったことを覆してしまうことにもなりかねないわよ。ところで、どれだけの時間を費やして、そんな興味深い計画を立てたのかしら？　だって、あなたがこのホテルに来てから、まだ二十四時間も経っていないでしょ？」

「それどころか、彼女と知り合って三十分も経っていませんでしたが」と、ウィンターボーンは笑みを浮かべながら言った。

「まあ、何て呆《あき》れたこと！」と、コステロ夫人は声高に言った。「それにしても、何としたたかな女でしょうか！」

彼女の甥のウィンターボーンは、しばらく口をつぐんでしまった。「じゃ、伯母様は本当にそう思っているのですか」と、真面目な面持ちで伯母から何が何でも真実を聞き出そうと、――「それで、本当に彼女は――」と、言葉を発したが、彼はまた黙ってしまった。

「私が思うって、それ何のこと？」と、彼の伯母は答えた。

「つまり、彼女のような若い女は、いずれ男が言い寄って来るだろうから、それを待っている、そんなしたたかなタイプの女だと思っているのですか？」

「ああいうタイプの女の子が、果たして男に何を期待しているのか、私なんかにはちっともわからないわ。しかし、あなたが言うところの、あの種の無教養なアメリカ娘と付き合うのはおやめなさい。あなたも、どうやら外国での生活が長くなってしまったようだわね。そんな調子だと、いつかとんでもない過ちを犯すかもしれないわよ。いつまでたってもウブなんだから、仕方ないわね」

「伯母様！　僕はそんなにウブなんかじゃありませんよ」と、ウィンターボーンは、そっと笑みを浮かべ、口ひげを捻《ひね》りながら言った。

「じゃ、酸いも甘いも嚙み分けているって言うの！」

ウィンターボーンは物思いに沈んだ面持ちで、口ひげをカール状に捻り続けた。「では、伯母様は彼女に会って下さらないのですか？」と、彼はとうとうその言葉を口にした。

「シヨン城に二人で行くというのは本当なの？　その言葉を額面通りに受け取っていいのね？」

「ええ、あの女性はそのつもりでいますよ」

「ねぇフレデリック、聞いて頂戴。私はそういう方と無理に近しい関係になる必要はないと思うの。私も年を召しましたけれど、そのような話を聞いて平然としていられるほどボケてはいませんよ！」と、コステロ夫人は言う。

「でも伯母様、アメリカの若い女の子なら、みんなこんな調子じゃないですか？」と、ウィンターボーンは尋ねた。

コステロ夫人は、その発言に思わず肝をつぶした。「私のところの孫娘がそんなことしますか？　だったら見てみたいわね」と、彼女は厳めしい口調で言った。

コステロ夫人の発言は、この問題への新たな対策となったように思えた。ウィンターボーンはニューヨークにいる美しい従姉妹たちが、無軌道な青春を謳歌していると聞いたことがある。ということは、こうした若い娘たちには、ある程度の自由奔放さが容認されていることになる。もし、デイジー・ミラー嬢がその範疇を越えているならば、およそ途轍《とてつ》もない過激な行動に走らないとも限らない。ウィンターボーンは彼女との再会を切望しているが、相手の真実を正しく見極めるための直観力に乏しかった。

ウィンターボーンには今すぐにでもデイジー・ミラー嬢に会いたいという前向きな気持ちが強かったが、伯母が会うことを拒んでいるのだ。それをどのように伝えたらよいものか戸惑うばかりだった。しかし、間もなくしてウィンターボーンはデイジー・ミラー嬢には妙な小細工を弄する必要がないことがわかった。その日の夜の帳《とばり》が下りた頃だった。庭園に目を向けると、彼女は暖かい星明りの下で、見たこともないような大きな扇子を巧みに揺らしながら、気ままな風に乗って現れる妖精のようにそぞろ歩いていた。それは夜の十時であった。ウィンターボーンは伯母と夕食を共にして、その後も駄弁《だべ》りに興じて、たった今、おやすみと挨拶を交わしたばかりだった。デイジー・ミラー嬢は、ここでウィンターボーンに会えてとても喜んでいる様子だった。こんなに長い夜は初めてだという。

「ずっとお一人でしたか？」と、彼は尋ねた。

「母と一緒に散歩をしていました。でも、母は散歩に疲れてしまって」と、彼女は答えた。

「もう、おやすみになりましたか？」

「いいえ、まだです。とにかく床に就くことが好きではないんです」と、若い娘は言った。「そうですね、彼女は寝てもせいぜい三時間くらいでしょうか。そんな少ない睡眠時間で、よく生きていられるものだと本人は感心していますが。とにかく神経が過敏で細かい女性なんですよ。でも、自分で思っている以上に眠っているはずです。さっき、弟のランドルフを捜しに、どこかに行ってしまいました。弟を寝かせようと躍起になっているんですよ。あの子も寝るのを嫌がりますので」

「お母様の努力が実るといいですね」と、ウィンターボーンは言った。

「母親は繰り返し繰り返し弟に話して聞かせるんですけど、とにかく嫌がって聞く耳を持たないんです」と、デイジー嬢は大きな扇子を開きながら言った。「そんな有様だから、母は案内人のユージニオにそのことを任そうとするんですけど、弟はユージニオに説得されても、へっちゃらなんです。ユージニオは案内人としての仕事ぶりは卓越しているんですが、ランドルフに対して、何となく苦手意識を持って萎縮しちゃうんです！　まぁ、たぶん十一時までは床に就かないと思いますよ」。ウィンターボーンは、しばらくこの若い娘と周辺の散歩と洒落込んでみたが、彼女の母親に出くわさないところを見ると、まだランドルフの寝かしつけに手こずっているのだろうか。「ところで、ご紹介いただくことになっている方に、どこかでお目に掛かれないかなぁと思っていました」と、一緒に散歩を楽しんでいる彼女はポツリと漏らした。「確か、その方はあなたの伯母様ですよね」。ウィンターボーンがその通りですと認めてみたものの、どこでその情報を手に入れたのか知りたそうな様子だった。そこで彼女は客室係のメイドから、コステロ夫人に纏わるいろんな話を大変興味深く聞かせてもらったと白状したのだ。楚々《そそ》とした雰囲気を身に纏い、しかも上品で礼儀正しい方のようですね。白髪を頭の上でくるりと巻いた髪型で、他人様に身勝手に話しかけない。食事は決まって自室でお摂りになると聞いています。それと、二日に一度は頭痛に悩まされるとか。「その頭痛のことなども含めて、とても素敵な方だなぁと興味が湧きました！」と、デイジー嬢は繊細さを帯びた明るい調子の声でお喋りを続けた。「私、あなたの伯母様とお知り合いになれたら、とても嬉しいですわ。伯母様がどのようなお方であるか、よく承知しているつもりです。これからもっと好きになれたらいいなぁと思っていいます。社会的なお付き合いの範囲も限られているんでしょうね。私はそういうお立場にいる女性が好きです。私にもそうなりたいという願望がありますから。実は私も母もそういったタイプなんです。つまり、誰とでも話をする訳ではないし、誰からも気軽に話しかけられることもありません。いずれも同じことですが。とにかく、伯母様とお知り合いになれたら幸せです」

ウィンターボーンは返答に窮してしまった。「伯母もさぞ喜ぶことでしょう」と、とりあえず彼は言った。「しかし、例の頭痛の発作が邪魔しなければいいんですが」と、言葉を付け加えることを忘れなかった。

若い女性は薄暗い光の中で彼の顔を見た。「でも、毎日、頭痛を催す訳ではないでしょう」と、彼女はさりげない気遣いを見せながら言った。

ウィンターボーンは一瞬、沈黙した。「どうやら毎日のようです」と、果たして何と言ったらいいものやら、せいぜいそう言うくらいが関の山だった。

デイジー・ミラー嬢は足を止めて彼を見つめた。薄暗い闇の中でも一層その美しさを際立たせていた。あの大きな扇子を開いたり閉じたりしながら「伯母様は私に会いたくないみたいですね」と、唐突にそんな言葉を発した。「それならそうと、遠慮なくおっしゃってくだされればよろしいのに、ね？　どうかお気になさらないでください。私は構いませんから！」と、彼女は少し笑みを浮かべながら言った。

ウィンターボーンには彼女が震えた声で何とか誤魔化し、そのような笑みを作っているように思えた。とにかく彼女の言葉が心を突き刺し、何とも悔やまれてならなかった。「お嬢様、そうではないんです。伯母は誰ともお付き合いをするつもりはないようです。もちろん、体調が優れないと感じていることが原因ですが」

若い娘さんは依然として柔らかい笑みを湛えながら先へと少しばかり進んだ。「私に気を遣う必要なんかありませんよ」と、先ほどの言葉を繰り返した。「伯母様が私にお会いしたいなんて、私はそう思っていませんもの」。それから、また彼女は立ち止まった。庭園の欄干のすぐ傍にいたので、目の前には星明かりに照らされた湖が佇んでいるのが目に映った。仄《ほの》かな光沢が湖の表面を覆い、遠方の山々の稜線《りょうせん》がそっと浮き彫りになった。デイジー・ミラーはこの神秘的な美しい光景を眺めながら、クスっと控え目に笑った。「驚いたわ！　伯母様って、お付き合いする人を慎重にお選びになる方ね！」と、彼女は言った。ウィンターボーンは彼女の心を酷く傷つけてしまったのではないかと思案に暮れた。一瞬、彼は一層のこと、彼女の傷ついた心に安らぎを提供し、そこはかとなく慰めるような立場になればいいと思った。その落ち込んだ気持ちを癒してあげるには、もってこいの相手だと楽しげに想像した。この際、こうして会話を交わす上では伯母に悪者になってもらおうと、咄嗟に機転を利かせた。つまり、彼女はプライドだけは異常なまでに高く、礼節を欠いた厄介な女性だから、特段気にすることはない、とでも言ってあげようか。この大胆と不敬とが入り混じった複雑な感情の機微を危うく露呈しようとした矢先に彼女はまた歩き出し、不意に口調を変えて声高に言った。「あら、母だわ！　どうやら、まだランドルフを上手に寝かしつけることができてないと思うけど」。ずっと遠くの暗闇の中に一人の女性の姿がぼんやりと浮かび上がった。ゆっくりとした動作で、しかもおずおずとしながらこちらの方へ進んで来た。突然、歩みを止めたように思えた。

「お母様に間違いありませんか？　こんな暗がりでお母様だとよくわかりますね」と、ウィンターボーンは尋ねた。

「それはわかりますよ、だって自分の母親ですもの」と、デイジー・ミラー嬢は笑って答えた。「それに私のショールをかけていますから。いつも娘のものを使うんです」

件の女性はそれ以上先に進もうとせずに、その辺りでもどかしそうに動き回っていた。

「もしかしたら、娘だという認識がないかも知れない」と、ウィンターボーンは言った。たぶん、この程度の冗談なら許容の範囲かと思ったのか、「あるいは、娘のショールを借りて出て来てしまったので気が咎めたのではないでしょうか」

「そんなことないでしょ、だって結構使い古したショールですもの！」と、この若い女性は落ち着いた口調で言った。「しかも、私が母には使っていいわよって、言ってあるの。こっちに来ることを躊躇《ちゆうちよ》しているのは、たぶんあなたがいらっしゃるからよ」

「あっ、そうですか。じゃ、そろそろ失礼しましょう」と、ウィンターボーンは言った。

「どうか、そんなことをなさらないで！」と、デイジー・ミラー嬢はせっつくように言った。

「私と一緒に散歩しているのが、お母様にはお気に障るのではないでしょうか」

ミラー嬢は真剣な眼差しで彼を見つめた。

「母が気に病んでいるのは私のことではないというか、あなたのこと、いや、自分自身のことを思ってのことだと思います。ああ、何だかよくわからなくなってしまいましたわ！　いずれにしても、母親は私が付き合う男性がどうにも気に入らないんですよ。生来、彼女は内向的な性格なもので。私が男性を紹介するなんて、大したことではないし、ささいなことなのに、なぜか動揺してしまうのです。でも、そんなことお構いなしに、いつだって私は大抵の男性を紹介してしまいますけど」。若い娘は抑揚を抑えた調子で言った。「だって、紹介しないなんて何か不自然でしょ？」

「私をご紹介してくださるのなら」と、ウィンターボーンは切り出した。「まず私の名前をお伝えしなくてはなりませんね」と、言うなり自分の名前を名乗った。

「まあ、何と長いお名前でしょう。全部正しく言えるかしら」と、ウィンターボーンの散歩の連れはニコッと笑みを浮かべて言った。しかし、そうこうしているうちに、二人はミラー夫人にかなり近づいていた。夫人は庭園の欄干の方に歩みを進め、こちらに背を向けるような格好で湖をじっと眺めていた。「お母様！」。若い娘は張りのある声を響かせた。その呼びかけに反応して、夫人はこちらの方を振り向いた。「こちらウィンターボーンさんなの」と、大変気さくで可愛らしく青年を紹介した。なるほど、コステロ夫人が敢えて難癖をつけたように、この娘にはいささか品位に欠けるところがあるかもしれない。それにもかかわらず、その庶民性の中にも奥深い優美さが放たれているので、ウィンターボーンは何とも不思議な感覚に包まれた。

彼女の母親は、小柄で痩せている華奢《きゃしゃ》な女性という印象である。目線は落ち着きなく揺れているような感じで、鼻は小さいが額は案外広かった。その額は細い縮れ毛で覆われていた。そして、娘と同様にとても優雅に美しく着飾り、両耳を飾るのは大きなダイヤモンドのイヤリングだった。ウィンターボーンがこの夫人の所作を注意深く観察する限り、未だに正式な挨拶がない。しかも、こちらに視線を向けようともしないのだ。デイジーは母親の近くに歩み寄り、ショールを掛け直してやった。「ねぇ、お母様、こんなところでうろうろ動き回って、一体どうしたの？」と、若い娘は母親に尋ねたが、その言い方はきついものではなかった。

「どうしたのって、言われてもよくわからないわ」と、母親は言うと、また湖の方を向いてしまった。

「ねぇお母様、もうこのショールはいらないわね！」と、デイジーは声を荒げた。

「そんなことないわよ。大切に使わせていただきますよ！」と、母親は少し笑って答えた。

「ランドルフを上手に寝かしつけることができたの？」と、この若い娘は尋ねた。

「それがダメなの。どうしても寝ようとしないのよ」と、ミラー夫人は言ったが、それはおっとりとした喋り方だった。「あの子は、いつまでもウェイターとお喋りしていたいのよ。ウェイターとお喋りするのが好きな子だから」

「今ね、ウィンターボーンさんとも話していたんですけど」と、娘は話を続けた。青年にはその名前をずっと以前から呼び慣れているように聞こえた。

「ええ、そうなんです。息子さんと知り合いになりまして」と、ウィンターボーンの咄嗟《とっさ》の言葉。

ランドルフの母親は、口をつぐんでしまった。彼女はまた湖の方へ目を向けた。それからしばらくして、ようやく口を開いた。「あの子は、あれでよくまあ生きていられるものだわ！」

「でも、ドーヴァーにいた頃より、まだましの方じゃないかしら」と、デイジー・ミラーは言った。

「えっ、ドーヴァーでは何かあったんですか？」と、ウィンターボーンはその事情を訊いた。

「ええ、寝る時間がきても、どうしても寝ようとしなかったんですよ。ホテルの共同のラウンジにずっといて、十二時になっても寝てなかったわ。それは確かよね」

「十二時半だったかしら、あの子が床に就いたのは」と、ミラー夫人は優しげに力を込めて語った。

「じゃ、お昼にたっぷり寝てるんじゃないでしょうか？」と、ウィンターボーンは続けざまに訊いた。

「どうやら、お昼もあまり休んでいないみたいなんです」と、デイジーは答えた。

「少しは寝てくれるといいんですがね」と、母親は愚痴っぽく言った。「どうしても寝ようとしないんだから」

「どうにも始末に負えない困り者ですよ」と、デイジーは言った。

それから、しばらく会話が途切れた。「あのねぇ、身内のことをとやかく言うものじゃありませんよ！」と、ミラー夫人はデイジーを窘《たしな》めた。

「だってお母様、あの子、本当に厄介なんですもの」。デイジーの口調には反論するような辛辣《しんらつ》さはまったく窺えなかった。

「まぁ、まだ九歳の男の子だからね」と、ミラー夫人は言った。

「あの子はどうしてもお城の見学に行きたくないと言うの。だから、ウィンターボーンさんとご一緒することにしたのよ」と、若い娘は言った。

デイジーの母親は平穏を装いながら淡々とした態度で、この言葉に敢えて反応を示すことはなかった。ウィンターボーンはこんな風に二人が一緒に城見学を敢行することに気分良く思わないのは当然だと思ったが、この人物なら単純で融通が利くだろうから、慎ましやかで控えめな姿勢を示せば、少しは角の取れた態度に変わるだろうと踏んでいた。「はい、この度はお嬢様のご案内役を仰せつかりましたこと、身に余る光栄だと思っています」

ミラー夫人は視線を泳がせて何かを訴えるような様子でデイジーを見つめたが、娘はハミングを口ずさみながら、ゆっくりと先に進んだ。「列車を利用するんですよね」と、母親は言った。

「そうですね。あるいは船で行くことも考えていますが」と、ウィンターボーンは言った。

「ああ、そうですか。もちろん、まだ一度もお城に行ったことがないのでわかりませんが」と、ミラー夫人は答えた。

「でも、お母様が行かれないなんて残念なことですね」と、ウィンターボーンは言ったが、夫人がそれほど強い不同意を表している訳でもないように思え始めた。そして、当然の成り行きなのかも知れないが、どうやら夫人の同行も覚悟しなければならないと思った。

「行きたい気持ちは山々ですが、いざとなるとやっぱり躊躇してしまうんです」と、夫人は執拗に食い下がった。「もちろん、デイジーはどこにでも行きたがる女の子ですからね。そのお名前は失念しましたが、こちらで知り合いになったあるご婦人がこんなことを言うのです。この辺の城を見たって仕方がないでしょうし、イタリアに行けば、もっと素晴らしいお城を見学することができますわよって。イタリアには一度は訪れてみたいような名城がたくさんあるようですね」。ミラー夫人は、こうして言葉を交わすうちに次第に打ち解けた雰囲気になった。「イタリアに行ったら選りすぐりのお城をピックアップして訪れたいものだわ。イギリスではそうした必見のお城を幾つか訪れていますので」と、彼女は言葉を付け加えた。

「ああ、そうですよね！　イギリスにはたくさんの美しい名城が築かれていますから」と、ウィンターボーンは言った。「でも、この地にあるションン城は一見の価値がある城ですよ」

「そうですか、デイジーが行きたいというのであれば」と、ミラー夫人は、なにやら途轍もなく大きなことにでも関わるような口ぶりで言った。「あの子ときたら怖いもの知らずで、何事にも大胆なんだから」

「でも行ってみれば、きっと楽しいはずですよ！」。ウィンターボーンは力強く言った。そして彼の心の中では、これが意中の若い娘と二人っきりになれるかもしれない稀有な機会なので、その種の特権に浴したいという気持ちがますます強くなっていた。意中の彼女は軽く歌を口ずさみながら、二人の前方を戯れに逍遥していた。「いかがでしょうか、奥様はご一緒しようとは思いませんか?」と、ウィンターボーンは尋ねた。デイジーの母親は彼を横目でチラッと見て、沈黙したまま歩き出し「じゃ、デイジーを一人で行かせましょうかね」と、素っ気なく言った。

ウィンターボーンはこの時、こんな風に思った。湖の対岸には、古臭くて陰気な社会構造を有する都会の最前線で跋扈《ばっこ》している頑固で抜け目のない既婚夫人たちが数多く見受けられるけど、彼女らの趣とはだいぶ異なるなぁと。しかし、そんな風に超然として瞑想に耽《ふけ》る彼の耳元に自分の名前をはっきり呼ぶ声が届いた。それはミラー夫人の保護下にいるとは思えない娘の声だった。

「ウィンターボーンさん!」それはデイジーの優しい声だった。

「ああ、お嬢さん!」と、青年は答えた。

「ねぇ、私をボートに乗せてくださらない?」

「今ですか?」と、彼は訊き返した。

「もちろん!」と、デイジー。

「あらまぁ、困った子ね!」と、ミラー夫人は叫んだ。

「どうでしょうか、乗せてあげては。私からもお願いします」と、ウィンターボーンは感情を込めて言った。

何しろ、彼にしてみれば、夏の星明かりに照らされながら、初々しくも美しい令嬢と一緒のボート漕ぐなんて、これまで一度もない経験なのだ。

「思いとどまった方が良いのでは。もうお家の中にいる時間だわよ」と、彼女の母親は窘めた。

「でも、ウィンターボーンは私をボートにお誘いしたいみたいよ」と、デイジーははっきり言った。「だって、あんなに熱心なお誘いを頂いているんですもの！」

「明るい星空を眺めながら、ボートを漕いでシヨン城まで行きましょうか」

「えっ！　本当ですか！」と、デイジーはウキウキしながら言った。

「あらまぁ、困ったわね」と、夫人はまた声を荒げた。

「さっきから、あなたは私をちっとも構ってくれなかったわね」と、娘は言葉を続けた。

「つい、あなたのお母様と他愛のない会話に興じていたもので」と、ウィンターボーンは言った。

「まぁ、とにかくボートに乗せて頂けますか！」と、デイジーは繰り返した。三人とも足を止めていたが、デイジーは振り返ってウィンターボーンの方に視線を向けた。穏やかな笑みを浮かべた表情も魅力的だ。キラキラと目を輝かせながら、大きな扇子を揺らしていた。これほど美しい女性は他にいないだろうと、ウィンターボーンは思った。

「あちらに桟橋が見えるでしょ？　あの船着き場には五、六艘《そう》のボートが繋がれていますよ」と、彼は庭園から湖へ向かって下りて行く階段を指さしながら言った。「私で結構ならば、向こうに行ってあの中から適当なボートを一艘選びましょう」

デイジーはニコリと笑みを零しながら、そこに立ち尽くしていた。それから顔を逸らして少し笑い声を漏らした。「男の人は凜とした立ち居振る舞いができる人であって欲しいわ！」と、彼女は力強く言った。

「ええ、私としては正式で丁寧な形でお誘いしているつもりですが」

「何とか、あなたに口を開いて欲しいと思いまして」と、デイジーは続けた。

「そんなことぐらい容易《たやす》いですよ」と、ウィンターボーンは言った。「でも、私をからかっている訳ではありませんよね」

「決してそんなことはないと思いますわ」と、ミラー夫人は静かに言った。

「そうですか、でしたら私がボートを漕いでお供させていただきます」と、彼は若い娘に向かって言った。

「あらその言葉、とっても素敵だわ！」と、と、デイジーは叫んだ。

「それではボートを漕ぎましょうか。もっと素敵なひと時になりますよ」

「はい、きっと素敵でしょうね！」と、デイジーは答えた。そうは言ったものの、彼女はそこを動こうとはせず、ただ微笑みながら立ち尽くしていた。

「今、何時だと思っているの」と、母親が口を挟んだ。

かりのようだ。

「奥様、十一時になりますが」。その声は近くの暗闇から外国語っぽい訛りを帯びて聞こえてきた。ウィンターボーンが振り返ると、そこには二人の女性をアテンドする例の華やかな男の姿があった。今、ここに来たばかりのようだ。

「あら、ユージニオ！」と、デイジーは言った。「今、ボートに乗ろうとしていたところよ！」

ユージニオは軽くお辞儀をして「もう十一時ですが、お嬢様？」

「大丈夫だわ。ウィンターボーンさんがご一緒してくださるから。もう出るわね」

「行かないように説得して頂戴」と、ミラー夫人が案内人に言った。

「本当に取りやめた方がいいと思いますよ、お嬢様」と、ユージニオは、はっきり申し渡した。

この案内人はなんだかやたらと馴《な》れ馴れしいではないか。相手はこんなに美しい女性なのに、とウィンターボーンは訝《いぶか》しげに思ったが、敢えて言葉にしなかった。

「こういうことは不適切だと言いたいんでしょ！」と、デイジーは声高に言った。「ユージニオ、いつもそんなことばかり言っていたら何もできないわよ」

「私がお嬢様のお供をしますから大丈夫です」と、ウィンターボーンは言った。

「奥様にお訊きしますが、お嬢様はお一人で行かれるのでしょうか？」と、案内人のユージニオは夫人に尋ねた。

「いや、この方とご一緒だけど！」と、デイジーの母親は答えた。

その案内人は一瞬、ウィンターボーンの方に視線を向けた。そして、不気味なニヤッとした笑みを浮かべ、背筋を伸ばして一礼すると一言添えた。「どうぞお嬢様のお気に召すままに！」

「あらまぁ、もっと煽り立ててくれることを期待していたのに。もう気持ちが冷めてしまったから行かないことにするわ」と、デイジーは言った。

「えぇ、今さら行かないと言われても困ります。今度は私が黙っていませんよ」と、ウィンターボーンは言った。

「それは結構。ちょっとした騒ぎが巻き起こるってことよね！」と、若い娘はまた笑って言った。

「ランドルフ様は、おやすみになりました！」と、案内人は無機質な口調で淡々と言った。

「それじゃ、私たちも部屋に戻りましょう、デイジー！」と、ミラー夫人は言った。

デイジーは、そこから離れながら笑みを浮かべて、ちらっとウィンターボーンの方を見た。手に持った扇子を揺らしていた。「それでは、おやすみなさい」と、彼女は言った。「あなたを失望させてしまいすみません。たぶん怒ってるでしょ！」

彼はデイジーの顔を見ながら、差し出された手を握り返して「正直なところ訳がわからず困惑しています」と、率直に答えた。

「それが原因で、眠れないまま寝床で過ごさないようにね」と、彼女はあっけらかんと言った。それから案内人のユージニオにエスコートされて、二人の女性はホテルへ戻って行った。

ウィンターボーンは茫然《ぼうぜん》と棒立ちになったまま二人の後ろ姿を見送った。どうにも困惑の色を隠せなかった。彼は湖畔の傍で十五分ほど、去り難く立ち尽くしていた。親しげな態度で親密化を図ろうとした矢先に奇妙な気まぐれを見せつけられてしまったのだ。あの若い娘の唐突な変貌の謎について思考を巡らせていた。結局、彼が辿り着いた明確な結論は、二人きりで何処か遠い世界へ行けたらいいなぁ、ということだった。

ところが、それから二日後に、彼はデイジーと一緒にション城に出かけたのである。その前に二人が待ち合わせた場所は、ホテルのロビーだった。そこはいろんな案内人、従僕たち、そして外国からの旅行者たちで溢れかえって、さまざまな視線が交差する猥雑なところだった。彼ならばそんな待ち合わせ場所を選ばなかったが、彼女が指定した場所なので仕方なかった。彼女は長手袋のボタンを留め、折りたたんだ日傘を美しく見える所作で抱えながら軽やかに階段を降りて来た。上品で優美な服装で身を整えて旅支度をしっかり済ませていた。ウィンターボーンは想像力や洞察力に長《た》けた男だった。昔流に言えば繊細な感覚を持った人物である。彼はデイジーの纏っている美しいドレスを目の当たりにし、大きな階段を小刻みに降りて来るその姿を眺めていると、この先何かが起きそうなロマンティックな予感に胸がはち切れそうになった。ああ、これは駆け落ちなのだ、彼はそんな思いにも駆られた。二人はロビーに屯する暇を弄ぶ人たちの流し目のような好奇に満ちた視線をよそに通り過ぎて行った。デイジーは二人きりになると、早速お喋りを始めた。ウィンターボーンとしては、ションまで馬車で行きたかったのだが、デイジーはどうしても小型の蒸気船で行きたいと言って譲らなかった。彼女は蒸気船が大好きだ、と言い放った。デイジーはいつも心地よい微風がそよぐ穏やかな湖が好きらしく、また船上でたくさんの人たちに出会えることも得難い魅力だと言うのだ。蒸気船で行く所要時間はそれほど長くはなかったが、彼女はその間にも立て続けに勢いよくウィンターボーンに向けて喋り続けた。青年にとってみれば、このささやかな旅は突飛で大胆な行為、いわゆる一つの冒険であった。彼女にとっては繁雑な日常から解き放たれた自由なひと時だったと思われるかもしれないが、そのデイジーにも自分と同様な気持ちであって欲しいものだと、ウィンターボーンは期待を寄せていた。しかし、物事はそう簡単には運ばないものだ。この点に関しては、ウィンターボーンは失望したと言わざるを得ない。デイジー・ミラーはとにかく威勢のよいお嬢さんで、眩しい魅力を放っているが、その素振りには胸を高鳴らせている様子がまったく窺えなかった。そわそわして落ち着かない訳でもないし、彼の視線であろうと他の人たちの視線であろうと気に留めることはなかったのだ。彼女はウィンターボーンに視線を送る時も、周囲から視線を浴びる時も、一向に冷静で表情を変えることはない。彼女に向けられる周囲からの視線は途絶えることがなかった。美しい連れの際立った無視できない存在感に気圧されたウィンターボーンは得意満面な顔をした。さっきまでの心配もどこ吹く風か。デイジーがいきなり大声で話し出したり、何の前触れもなく笑い声を上げたり、はたまた船内をしきりにうろついたりしないか、ウィンターボーンはそうした諸々を懸念していたが、どうやらその心配は払拭されたようだ。彼はデイジーの顔に視線を注ぎながら、笑みを浮かべて座っていればよいのだ。一方、彼女は自席に座ったまま動かず、多弁を弄して自説を展開していた。饒舌と言ってしまえばそれまでだが、これほど人を惹きつける魅力的な話し方をする人物に巡り会えることができたことに、ウィンターボーンは感慨を深めた。デイジーは「品格を欠く女性」だと言われるが、それについてはその通りだと彼も思った。だが、果たして実際にそうなのか？　それとも単にそういうスタイルに彼自身が慣れ切ってしまったのか？　その会話には主に客観性を支える形而上学的な傾向が窺えるが、時として主観性に富んだものも混在していた。

「なぜそんなに深刻そうな顔をしているの？」。彼女はウィンターボーンに心地よい眼差しを注ぎながら、突然問い詰めるような口調で尋ねた。

「えっ！　私がですか？」と、ウィンターボーンは訊き直した。「それどころか、満面の笑みを浮かべたつもりですが」

「まるで私をお葬式にでも連れて行こうと言いたげな様子でしたよ。そんな大きな笑みを零されたと言うなら、よほどお口が小さいのかしら」

「じゃ、デッキで陽気にホーンパイプダンス[003]でも踊って見せましょうか？」

「ええ、是非とも踊ってみてください。あなたのお帽子を持って回りましょう。そうすれば船賃の足しくらいにはなるでしょうから」

「こんなに愉快な時間を過ごせたのは初めてです」と、ウィンターボーンは静かに呟いた。

デイジーはチラッと彼を見た。それから、彼女は堪えきれずに吹き出して笑った。「あなたにそういうことを言わせるのって、私は好きなの。あなたって、本当に面白い方ね！」

船を降りて城の中に足を踏み入れてからは、主観性に満ちた話が中心になった。デイジーは丸天井の部屋を軽快に小気味よく走り回った。またスカートの裾をひらりと靡かせながら螺《ら》旋《せん》階段を上り下りして戯れていた。地下牢《ろう》付近に近づくと、キャッと細く小さい声で可愛らしく叫んで飛び退いた。ウィンターボーンが行うすべての説明には珍しいほど美しい形の整った耳を傾けて聞き入っていた。どうやら封建時代の遺物にはほとんど関心がなさそうだ。そして、今も語り継がれるション城の陰鬱な伝説にもあまり関心を示そうとしなかったし、印象は薄かったように思えた。この古い城の管理人は別にして、幸いなことに二人きりの見学となった。せっかく二人で見学する機会を得たので、あまり急《せ》かさないで欲しいと、ウィンターボーンは管理人に頼み込んだ。すなわち、見たいスポットではゆっくりしたい旨を申し伝えたのだ。ウィンターボーンがチップをはずんだら管理人の態度がコロッと変わって、二人は好みに応じて気ままな見学ができるようになった。寛大な配慮が施されたのだ。ミラー嬢の物言いは、およそ思っているほど理路整然としている訳ではない。何か言いたいことがあると、口実をそっと添えて別の話題に飛んでしまうのだ。たとえば、城壁に設えた銃眼を見つけると、それに纏わるいろんな話題を披露したいという欲望がふつふつと湧いて出て、いきなりウィンターボーンに関わること、——つまりその家族、自身の経歴、趣味、習慣、将来の夢などを訊きたがるのだ。そうかと思えば、今度は逆に、彼女自身からも進んで身の上話を披露するといった具合だ。自分の趣味、習慣、夢などについて、明確な言葉を使って述べることもあれば、言いにくいことは自分の都合に合わせた言葉で切り出す。

　イギリス・ロマン派の詩人バイロンの叙事詩『ションの囚人』[004]にも登場する悲運のフランソワ・ボニヴァールの故事来歴についてウィンターボーンが触れると、「なんとまぁ、博識なんでしょう！」と、彼女は自分の連れのウィンターボーンに向かって言う。「私はかつてこんな博識の人にお目にかかったことがないわ！」。しかし、ボニヴァールの悲惨の物語の話を聞いていても明らかに右の耳から入って左の耳へすぐ抜けていくようでは仕方ない。そんなデイジーであっても、もしウィンターボーンが一緒に旅してくれれば、いろんなことに関しての知恵をたくさん身に付けることができるだろうと、言葉を繋げた。「ねぇ、ランドルフの勉強の面倒を見てくださらない？」と、彼女は尋ねた。するとウィンターボーンは生憎だが、別件がある旨を伝えて断った。「別件ですって？　そんなーっ！」と、デイジーは言った。「どういうことですか？だって、お仕事はされてなかったんじゃないかしら」。青年は確かに仕事に従事していなかったが、一日、二日のうちにジュネーヴに戻らなければならなかった。「えっ？　それって本当ですか。信じられない！」と、彼女はその話題を一旦脇に置いておいて、別の話を始めた。その後、間もなくしてウィンターボーンが昔ながらの古風なデザインが特徴の暖炉を指さして話を始めると、デイジーは相手の話を遮って話題を横取りした。「ジュネーヴに戻るって、それ本当じゃないでしょ？」

「誠に残念なお知らせを伝えなければなりませんが、実は明日にでもジュネーヴに帰ろうと思っているんです」

「ええ!?　ウィンターボーンさん、あなたって、本当に酷い人ね！」と、デイジーはつい愚痴を零した。

「お別れに際して、そんな嫌味っぽい言葉を吐かないでください！」と、ウィンターボーンは、ぽつりと漏らした。

「お別れですって！」と、この若い娘は叫んだ。「私は始まりだと思ってましたよ。もうそんなこと言い出すんなら、あなたをここに置いて、今すぐにでも一人でホテルに帰りたくなったわ」。そして次の十分間は、あなたは酷い人と言い放つ誹謗《ひぼう》の嵐。可哀想に彼は茫然自失となり、すっかり動転してしまった。自分の予定を正直に打ち明けただけで、これほど狼狽《ろうばい》する女性は初めてだった。この後、連れのデイジーはション城の成り立ちや故事も湖の美観などそっちのけで、おそらくジュネーヴにいると思われる仮想敵に憎しみの矛先をすぐさま向け始めた。ウィンターボーンが好意を抱いているジュネーヴの女性の元に帰ろうと、急遽《きゅうきょ》日程を変更したものと思い込んでしまったのだ。また、どうしてジュネーヴに愛しい女がいるなどという戯言を信じてしまったのだろうか？　ウィンターボーンがそのような女性の存在を否定したにもかかわらず、結果はこの有様だ。まったく理解に苦しむ。それにしても、彼女の推理と機転の素早さには脱帽の一言に尽きる。同時に素直に放つ揶揄《やゆ》の妙味にも興をそそられた。ウィンターボーンは、この件を通してこんな風に思った。デイジーは無邪気さと邪気が混在するような不思議な女性ではないかと。「お暇を頂けるのは、せいぜい一度に三日程度ですか？」と、デイジーは皮肉を込めて尋ねた。「夏休みの休暇も頂けないのかしら？どんな真面目な働き者だって、この季節にはどこかで憩うくらい勝手でしょう、私はそう思いますが。もし一日でもあなたのお帰りが遅れれば、そのお方は湖を船で渡ってお迎えにいらっしゃるんじゃないかしら。ねぇ、だったら一日延期して金曜日までここにいらしたらいかがでしょうか。私、桟橋まで行って、そのお方をお迎えしますから」。一緒に乗船した時には、この娘の人となりにいささか拍子抜けしたが、どうやらその時には彼女の正体を見逃していたようだ。今になってみれば、いよいよその気性が頭をもたげたということだろうか。そして、とうとう彼女の本性がはっきり露わになったように思われた。それは一つ約束をしてほしいと言い寄られた時だ。すなわち、それは冬が訪れたら、必ずローマへ行くという約束なのだ。そうしたら、「このような意地悪く、惨い仕打ちなど金輪際しない」とのこと。

「そんな約束なら容易いことです」と、ウィンターボーンは言った。「私の伯母が冬はローマで過ごそうと宿を手配していますし、私もそこにお誘いを受けていますから」

「伯母様のためにローマにいらっしゃるのではなく、私に会うためにお越しくださいね」と、デイジーは念を押した。妬み嫉《そね》みの権化のような伯母について、彼女が触れたのはこれきりだった。彼はいずれにしても必ず行きますと明言した。すると、デイジーはこれまでの揶揄《からか》うような仕草を止《や》めた。ウィンターボーンは馬車に乗り、黄昏の中をヴヴェイに向けて走らせた。もう若い娘が余計な言葉を漏らすことはなかった。

その夜のこと、ウィンターボーンはコステロ夫人にこのように告げた。今日の午後にデイジー・ミラーと一緒にシヨン城へ行って楽しく過ごしましたと。

「ああ、あのアメリカ人女性ね。案内人を雇っている親子でしょ？」と、夫人は尋ねた。

「えぇ、そうです。幸いなことにあの案内人は留守を任せられましたけれど」と、ウィンターボーンは言った。

「それで、二人だけで行ったの？」

「はい、二人きりで参りました」

コステロ夫人は気付け薬の匂いを少し嗅いだ。「あぁ、そうだったの。あなたはそんな振る舞いをする娘を私に紹介しようとしたのね」と、彼女は叫んだ。

第三章　思惑

　ウィンターボーンはションン城を訪ねた翌日、ジュネーヴに一旦戻っていたが、一月の下旬になるとローマへ向かった。伯母はすでに数週間も当地にすっかり落ち着いていたこともあり、幾通もの手紙が彼の元に届いていた。「昨年の夏にヴヴェイで昵懇の間柄になった人たちがこちらに来ているわよ、例の案内人も含めてみんな揃っているわ」。彼女の手紙にはそのように書かれていた。「こちらで幾人かの友達が出来たようですが、あの案内人がいつも親しく傍にいることに変わりはありません。このところ、若いお嬢様はろくでもないイタリア人の連中とも遊び惚《ほう》けているらしく、陰ではボロクソに言われていますよ。それから、こちらに来られる時は、シェルビュリエの名著『ポール・メレ』[005]を忘れずにご持参くださいね――二十三日までには必ずお越しください」

　いわば自然の成り行きとして、ウィンターボーンはローマに着いたら、まずアメリカ系の銀行でミラー夫人の滞在先を確認してデイジー嬢のもとへ挨拶に赴くことになるだろう。「ヴヴェイでの出来事を考慮すれば、訪問させてもらっても罰は当たらないだろうと思いますが」と、彼はコステロ夫人に言った。

「ヴヴェイでもそうでしたが、何処でもいろんなことがあったのに、それでもまだ懲《こ》りずにお付き合いしたいと言うのなら、もう勝手にしなさい。もちろん、男の人は誰とも親しくなれますものね。それってまったく男性の特権だわね！」

「じゃ、たとえばローマでも何かあったんですか？」と、ウィンターボーンは尋ねた。

「あのお嬢さんはね、外国人の男の人と連れ立って歩いているところを周辺で目撃されているわよ。もっと詳しく知りたければ、誰か他の人にでもお尋ねしたらどうかしら。金目当てと思しきローマの男たちを何人も引っ掛け回して、やんごとなき方々の邸宅に連れ込んで戯れているんだから始末が悪いわ。パーティーに出る時は、凛とした上品な佇まいで、ご立派な口ひげを蓄えた御仁をお供にしていたわよ」

「それで、お母さんはどうしているんですか？」

「さあ、どうでしょう。まったく見当もつきません。それにしても、呆れた親子だわね」

ウィンターボーンは一瞬、考え込んでしまった。「ただ物事の道理をわきまえない人たちなんですよ。子供のように邪気がないだけなんです。決して悪い人たちなんかじゃありません」

「それにしても配慮と品性に欠ける親子ね。もはや救いようがないわ」と、コステロ夫人は言い放った。「果たして、救い難いほど下品であることが悪か、そうではないのか。そんな哲学的な論議は一旦脇に置いておくことにしましょう。とにかく、どうにも好きにはなれないのよ。これ以上関わりたくないわ。もううんざり。だって人生は短いんだもの」

デイジー・ミラーが口元に立派なひげを蓄えた幾人かの男連中に取り囲まれて、ちやほやされ陽気にはしゃぎ狂っているという噂を耳にすると、ウィンターボーンは今すぐにでも彼女に会いたいという気持ちが萎えてしまった。ただデイジーの心の奥底に拭い去れない刻印を残していると思うほど自惚《うぬぼ》れが過ぎる男ではなかった。それにつけても、そんな醜聞が周辺に晒《さら》されているとなると、彼の頭の中で想像した彼女に纏わるイメージとあまりにも乖離し過ぎているので、不快な思いを抑えることができなかった。そのイメージとは、このようなものだった。古風なローマ風の建物の窓から外に目を向けて、ウィンターボーンさんは一体いつになったらいらっしゃるのかしらと、そわそわと心があせって落ち着かない様子を露呈するぐらい愛くるしい乙女の姿を夢見ていたのだ。ウィンターボーンはもう少し自分のことを気にかけてほしいと、ミラー嬢に申し伝えることはしばらく延ばすとして、すぐにでも幾人かの親しい知己を訪ねることにした。その中の一人に、あるアメリカ人女性がいた。彼女は以前に自分の子供たちをジュネーヴにある学校に入学させたので、そこで何度か冬を過ごした経験がある。彼女は教養のある知的な女性で、ローマのグレゴリアーナ通り（自然と歴史が融合した名物通り）沿いに住居を構えていた。ウィンターボーンはこの女性を訪ねたが、そこは三階の明るくて深みのある赤色に彩られた小さな客間だった。その部屋には南国情緒溢れる太陽の光が燦々《さんさん》と降り注いでいた。ウィンターボーンが、そこに案内されて十分も経たないうちに召使が姿を現し、「ミラー夫人がお越しになりました」と告げた。間もなくすると、ランドルフ少年がお構いなくつかつかと部屋に入って来て、部屋の中央で立ち止まった。そして、ウィンターボーンの顔を凝視したのだ。そのあとすぐに現れたのは、少年の美しい姉だった。それからかなり時間を置いて、ミラー夫人がゆっくりと姿を見せた。

「あっ、僕の知っている人がいる！」と、ランドルフは思わず口走った。

「そうだね、君は何でも知っているからね」と、ウィンターボーンは、彼の手を取りながら大きな声でそれに応えた。「ところで、勉強の方はどうですか？」と、彼は言葉を続けた。

デイジーは可愛らしい仕草で女主人と挨拶を交わしたが、ウィンターボーンの声だとわかると、すぐに頭を回して振り向いた。「あら、まあ！」。彼女はそんな言葉を発した。

「あの時に申し上げました通り参りましたよ」と、ウィンターボーンは笑みを浮かべながら言った。

「あら私、信じられないわ、本当にいらっしゃるなんて」と、デイジー嬢は言った。

「それはどうもご丁寧に、恐縮です」と、青年は笑った。

「お越しいただければよかったのに！」と、デイジーは言った。

「昨日、着いたばかりなので」

「ああ、信じられないわ！」と、若い娘は言い返した。

ウィンターボーンは彼女の母親の方へ顔を向け、さも不服そうな微笑を浮かべていた。しかし、この夫人は何となく彼の視線を逸らし、ランドルフの方に目を釘《くぎ》付けにしたまま座っている。「これだと、僕んちの方がずっと広いや。しかも、壁はすべて金ぴかで輝いているよ」と、ランドルフは自慢げに言った。

ミラー夫人は椅子に座ったままだったが、どこか決まりが悪そうだった。「だから言ったのよ。あなたを連れて来ると余計なことを口走るから厄介だと!」。彼女はそう囁《ささや》いた。

「それって、僕が言ったんだよ!」と、ランドルフは叫んだ。「ねぇ、そう言ったって、いいでしょ!」と、ランドルフは茶目っ気たっぷりの仕草でウィンターボーンの膝をポンと叩《たた》きながら言った。「やはり、僕んちの方が大きいよ!」

デイジーは女主人と熱っぽく話していたので、それならばウィンターボーンは頃合いを見計らって、母親にささやかな挨拶を申し上げようと思った。「ヴヴェイでお別れしてからもお元気でしたか?」と、彼は言った。

ミラー夫人は、やっと彼の方に目を向けたが、それも顎の辺りまでであった。「それほど体調がいい訳ではないんです」と、彼女は答えた。

「お母さんはおなかの調子が悪いんだよ」と、ランドルフは漏らした。「僕もそうなんだ。お父さんも似たような症状だけど。まぁ、僕の症状が一番深刻かな!」

こんな風におなかが不調だなんて言われて、ミラー夫人は当惑の気持ちを抱くというよりも、むしろ気軽な気分になったようだ。「私、実は肝臓に疾患があるんです」と、彼女は告白した。「こちらの気候のせいかしら。ニューヨークのスケネクタディ[006]よりも爽快感に欠けますもの。特に冬の季節は。あら、私がスケネクタディにいること、ご存じでしたか。デイジーには言っているんですけど、こちらにはデイヴィス医師のような名医にはお目に掛かれませんし、これからもそうした名医に診てもらえるなんて、たぶん期待薄でしょうねって。もちろん、彼はスケネクタディでは名医の一人ですし、すこぶる評判の高い医師なんですよ。相変わらずご多忙のご様子ですが、私には親身になって診てくださるの。こんな酷い症状を訴える患者には出くわしたことがないと、この担当の医師は言いますが、必ず完治させてみせると自信のほどを覗かせるんです。いろんな治療法を試して効果を上げたいとおっしゃって下さるのでお任せしています。そんなことで何か新しい治療法を試そうとしている矢先に、私たちはちょうど旅立とうとしていたんです。うちの主人が娘のデイジーにヨーロッパの一人旅を敢行させたいと言い出したの。そこで、私は主人宛ての手紙にこう書き綴《つづ》ったんです。あのデイヴィス先生みたいな名医がいないと身体がもちませんと。繰り返しますが、彼はスケネクタディでは一番評判の高い先生なんです。何しろそこは病人で溢れている町ですからね。病気のイタズラでしょうか、私の睡眠にも大きな影響を及ぼしているようです」

ウィンターボーンはデイヴィス医師の患者である夫人を相手にその病気や病状について、ぐだぐだと長い会話をする羽目になってしまった。その間にも、デイジーは女主人とのとめどもなく続く話に興じていた。青年はミラー夫人にローマはお気に召されましたかと尋ねた。「そうねー、正直に申し上げて、期待が外れて失望しましたわ」と、彼女は率直に答えた。「いろんな話に迷わされてしまったのでしょうか。でも、仕方ありませんわ。少しばかり抱いていた期待とは違うなんてことは多々あることでしょう」

「ああ、そうでしたか。でも、もう少し経てば良いところも見えてくるでしょうから。ローマが大好きになれますよ」と、ウィンターボーンは言い含めた。

「そんなことないさ。時間が経てば経つほど、嫌気はどんどん募るだけだよ！」と、ランドルフは叫んだ。

「君はまるで、少年時代のあの名将ハンニバルのようだね」と、ウィンターボーンは言葉を添えた。

「そんなんじゃないよー！」と、事態が呑み込めていないランドルフは大きな声を上げた。

「この子ったら、子供のくせに、何故か子供っぽいところがないのよね」と、母親は言った。さらに続けて「私たちは素敵な観光地をたくさん巡る機会に恵まれましたが、ローマを凌駕《りょうが》するところなんて、幾らでもありましたよ」。それから、彼女はウィンターボーンの問いかけに答えた。「たとえば、チューリッヒなんかは、とても素敵な町だったわよ。ただし、評判や情報はローマの半分程度しか届いてないけど」

「最高によかったのは、シティ・オブ・リッチモンドだね」と、ランドルフは言った。

「この子が言っているのは、船の名前ですよ」と、母親はこっそり漏らした。「私たちがこちらに来る時に乗った船なんですが、その印象がとびきり良かったみたいだわ」

「あれが最高だよ」と、ランドルフ少年は繰り返した。「でも、進路が良くなかったね」

「そのうち、逆の方向に向かって帰るから」と、ミラー夫人はニコッと笑って言った。ウィンターボーンはお嬢様がローマを少しでも満喫していれば、いいんですがと尋ねると、ミラー夫人はそれに応えて、デイジーはすこぶる楽しげに過ごしていますよと言い放った。「社交界との付き合いも欠かしませんから――こちらの社交界はとても華やかで素晴らしいと漏らしていましたよ。何しろ社交の場であれば、あちこちに顔を出して知り合いの数を増やしているようです。もちろん、私より出かける回数も断然多い。ローマの紳士淑女たちは明るく社交好きだし、それから話題も豊富でお喋りも上手ですから、娘もすぐにそういった素晴らしいお仲間たちの集いに顔を出すようになり、たくさんの素敵な紳士の方たちと知り合いになれたんだわ。あ、それからデイジーはローマほど美しい町はないと言ってましたよ。そうねぇ、若い娘としては、あのような社交的な出会いの場で、たくさんの紳士の方々と上手くお知り合いになれたらいいわよね」

そうこうしていると、デイジーがまたウィンターボーンに視線を向けた。「さっき、私、ウォーカーさんにあなたって、もうっ、本当に意地悪なんだからと話したばかりよ」

と、若い娘は告白した。

「それで、どんな根拠を示したのですか？」と、ウィンターボーンはいささか困惑気味に尋ねた。彼にしてみれば、意中の彼女に少しでも早く会いたいという一心で、ボローニャやフィレンツェにも立ち寄ることなくローマに直行したのに、その熱い思いがデイジーに伝わっていないことに苛立《いらだ》ちを募らせた。そういえば、人を小馬鹿にしたような皮肉の効いた態度をとることが多い同胞の一人が、以前にこんなことを口にしていたのを思い出した。すなわち、アメリカ人女性は、それも別嬪さんならなおさらだが、他人に厳しく自分に甘いという言説が相応しい典型的な人種だというのだ。

「あら、あなたはヴヴェイにいた時は、とても意地悪な振る舞いをされていましたよね!」と、デイジーは言った。「だって、あまり気乗りのしない無礼な態度でしたわよ。私がいくら頼んでも、さっさとお帰りになってしまったじゃありませんか!」

「ああ、あなたのことをこんなに愛しいと思っているのに何ということでしょうか。こうして遥々ローマまでやって来たのに、それはあなたから厳しい批判と叱責を浴びるためでしょうか?」と、ウィンターボーンは雄弁に語った。

「あら、それは聞き捨てなりませんわね」と、デイジーは女主人のウォーカー夫人が纏っているドレスの飾りリボンをギュッと捻りながら激しい口調で言った。「この人がなんでそんな物言いをなさるのか、私にはまったくわかりません。ねぇ奥様、おわかりになりますか?」

「なにか変でしたか?」。それはウィンターボーンの肩を持つような言いっぷりだった。

「そうでしょうか」と、デイジーはまたウォーカー夫人のリボンに指を添えながら言った。「奥様、ちょっとお耳に入れておきたいことがありますの」

「お母さんってば」と、ランドルフが話を遮って言葉を被せてきた。その言葉には土地の訛りが窺えた。「もう帰らなきゃ。だって、また案内人のユージニオがぶつぶつ文句を言うよ！」

「ユージニオなんか、別に怖くないわ」と、デイジーは頭をプイと上げて言った。

「あのー、ウォーカーさん、お宅のパーティーに出席させていただきたいんですが」と、彼女は言葉を続けた。

「ええ、もちろん喜んで」

「素敵なドレスを用意してありますのよ」

「そうでしょうとも」

「それで、もう一つお願いがありますの。お友達を連れて行ってもよろしいでしょうか――お許しを頂ければ幸いですが」

「どうぞ、どうぞ結構ですわよ。歓迎致しますわ」と、ウォーカー夫人はミラー夫人の方に向きを変えて笑みを浮かべながら言った。

「でも、私が存じ上げない方ですの」と、デイジーの母親は照れ笑いを浮かべた。「私はお話をしたこともありません」

「実は、私の知り合いのジョヴァネリさんという方です」と、デイジーはそれに答えた。その声は震えている訳でもなく澄んでいたし、明るい表情に陰りは見えない。

ウォーカー夫人は一瞬、沈黙すると、素早く視線をウィンターボーンの方にチラッと走らせて言った。「では、ジョヴァネリさんに喜んでお会いしましょう」

「彼はイタリア人ですの」と、デイジーは凄く愛らしく、平静を装って言葉を続けた。「彼は私の大親友なんです——とびっきりのイケメンですわ。もちろん、ウィンターボーンさんは別格ですが！　彼にはたくさんのイタリア人のお友達がいらっしゃるんですけど、アメリカ人の方とも親しくなりたいと言うもので。アメリカ人の方が好きみたいですね。頭の回転が早い方で、とにかく完璧に素晴らしい方です！」

このような次第で、このご立派な人物がウォーカー夫人の主催するパーティーに出席することが決まったこともあり、ミラー夫人はそろそろお暇乞いをする方がいいのか思案した挙句に「ホテルに戻ろうと思います」と、言った。

「では、お母様はそうなさってください。私はしばらく散歩してから戻りますから」と、デイジーは告げた。

「お姉ちゃんは例のジョヴァネリさんと一緒の散歩かな」と、ランドルフが単刀直入に口を挟んだ。

「ピンチョの丘に行こうと思うの」と、デイジーは笑いながら言った。

「お一人で行かれるの？　こんな時間に今からですか？」と、ウォーカー夫人が尋ねた。辺りは徐々に夕闇に包まれつつあるので、馬車の数も通行人も増える時刻である。「ねぇ、あまりに危険じゃありませんか」と、ウォーカー夫人は気遣った。

「私もそう思いますわ」と、ミラー夫人も続いて言った。「そんなことをして熱病にでも罹《かか》ったらどうするの？　デイヴィス先生も忠告していたでしょ。覚えてないの！」

「前もって薬でも飲ませておけばいいよ」と、ランドルフが言った。

そこにいる一同は、すでに立ち上がっていた。デイジーは可愛らしい歯を見せて笑いながら女主人のウォーカー夫人の頰に挨拶のキスをした。「奥様、大丈夫ですから、どうぞご心配なさらないでください」と、デイジーは説得した。「一人で行く訳ではありません。そこでお友達に会いますので」

「たとえお友達が一緒でも熱病には罹りますからね」と、ミラー夫人は懸念した。

「そのお友達とは、ジョヴァネリさんのことですか？」と、女主人が尋ねた。

ウィンターボーンは、この若い娘の様子をじっと見つめていたが、夫人が少し突っ込んだ質問をすると、彼の耳がぴくりと動いた。彼女はにこやかな表情を崩さず、そこに立ち尽くして帽子のリボンを愛しく撫《な》でていた。それから、ウィンターボーンの方にチラッと視線を投げかけると、ニヤリと不敵な笑みを浮かべながら涼しげな顔をして言った。「ええ、ジョヴァネリさんです。あの素敵なジョヴァネリさんですわ」

「ねぇ、お嬢さん」と、ウォーカー夫人はデイジーに声をかけて、願いを込めるように手を取った。「素敵なイタリア人のお友達とお会いするのは結構だけど、こんな遅い時刻にピンチョの丘に行くのはおやめなさい」

「その方は英語を話せるようです」と、ミラー夫人は言った。

「あら、嫌ですわ！」と、デイジーは叫んだ。「不心得なことはしませんからご安心ください。では、ご心配を解消させましょうか。それは容易なことです」。そう言うと、彼女はまたウィンターボーンの方にチラッと目を向けた。「ピンチョの丘までは、ここからほんの一〇〇ヤード〈約九〇メートル〉くらいの距離ですわ。もし、ウィンターボーンさんが礼節を重んじる方ならば、たぶんその辺りまでご一緒してくださることでしょうから！」

ウィンターボーンは身の程をわきまえて、すぐに優しい手を差し伸べると、若い娘はそれに感謝をもって応じ、ピンチョの丘まで二人一緒に赴くことになった。こうして、二人は彼女の母親に先立って階段を下りて行った。戸口の辺りには馬車が停められていて、車中にはヴヴェイで知己になったあの小洒落た印象を演出する案内人がいた。「じゃ、さようなら、ユージニオ！」と、デイジーは声高に別れを告げた。「私は歩いて行くから」。実際、グレゴリアーナ通りからピンチョの丘の端に位置する美しい庭園までは、それほど遠い距離ではない。しかし、その日は好天に恵まれたこともあり、馬車や通行人の往来はますます盛んになっていた。また閑人たちの戯れが二人の若いアメリカ人の行く手を阻んで、どうにも思い通りに先に進めなかった。ウィンターボーンは事の意外な成り行きに目を白黒させたが、むしろ自分にとって都合のよい状況だと受け止めた。風情のある町並みのそぞろ歩きを楽しむローマの群衆は、男の腕に凭れながら雑踏を通り抜けて行く並はずれて美しい外国人女性に目を奪われた。どこの馬の骨ともつかぬ群衆の好奇な眼差しに晒されるのを承知で、一人で出て行こうとするデイジーの魂胆がわからない。彼のミッションは彼女をピンチョの丘で待つジョヴァネリ氏に無事に引き渡すことである。そのようにデイジーは思っているだろうが、ウィンターボーンの顔には安堵《あんど》と困惑の表情が入り混じっていた。そうは問屋が卸さないと決意していたのだ。

「どうしてもっと早く私に会いに来てくださらなかったの？」と、デイジーは詰め寄った。「ほら、答えに窮しちゃうでしょ」

「先ほど申し上げました通り、列車から降りたばかりなので仕方ないじゃありませんか」

「じゃ、停車後もかなり長い時間、列車の中にいらしたんですね！」と、若い娘は少し笑みを浮かべて言った。「ずっと眠ってらしたのね。ウォーカー夫人のところに行く時間はあるというのに」

「私がウォーカー夫人を知ったのは――」ウィンターボーンはこう弁明しかけた。

「あなたがご夫人とどこでお会いしたか承知していますわ。ジュネーヴでしょ。ご夫人本人からお聞きしましたもの。私とはヴヴェイでしたよね。同じようなもので、たいして違いがある訳じゃありませんわ。だから、私に会いに来て下さってもよいものを」。もうそれ以上は何も言わず、彼女は自分のことを喋り出した。

「旅先で過ごす極上のホテルステイを楽しんでいますのよ。案内人のユージニオが言うには、そこはローマでも最高級のホテルらしいです。この冬はずっとローマ滞在になるでしょうね――もし、熱病にでも罹患して死なない限り、ずっとこのホテル住まいになるでしょう。ここは想像していたよりもずっと快適なところですよ。当初は喧噪《けんそう》とは無縁の静寂に包まれ、寂れた風情でいっぱいの場所だと思っていたからなおさらです。てっきり身近に楽しむ絵画などを説明しながら巡回する年配の案内人といつも一緒に観賞するのかと思いました。しかし、そういうことはせいぜい一週間くらいで、今では楽しい日々を堪能しています。おかげさまで、たくさんの方々とお近づきになる機会を得ました。みんな素敵な人たちばかりです。とりわけ社交界は格別な趣があり、高名な人士ばかり。そうですね、たとえばイギリス人、ドイツ人、イタリア人など、そのメンバーは実に多士済々な傑物が名を列《つら》ねています。私はイギリス人の方が一番いいと思いますが。いずれにしても、軽いジョークを交えながら洗練した会話を楽しむことができますわよ。もちろん、アメリカ人だって素敵な御仁はいらっしゃいますけど。このような手厚い歓待を受けるのは初めてなので驚きました。毎日、何かしらのイベントが開催されるの。ただし、ダンスパーティーはあまり開催されませんが。無論、紳士淑女がドレスアップして社交ダンスを愉しむことだけが、すべてだとは思いません。私はいつも華やかな会話に興じることが好きですので。ウォーカー夫人のパーティーでは、きっとお話が弾むでしょうね――なにしろ、お部屋が幾分狭いので」。さて、ピンチョの丘の庭園の園内に足を踏み入れると、ミラー嬢はジョヴァネリ氏がどこにいるのか気にし始めた。「とにかく、このまま真っすぐ行きましょう。そうすれば見晴らしが良くなるでしょうから」と、彼女は言った。

「彼を捜すことまでは、どうかご容赦願います」と、ウィンターボーンは語気を強めて言った。

「じゃ、私一人で捜すわ」と、ミラー嬢は言った。

「ただし、私からは離れないでくださいね！」と、ウィンターボーンは声高に言った。

デイジーは、それを聞くと思わずプッと吹き出して笑った。「あなたから離れてしまったら、私は迷子になってしまう？　それとも馬車に轢《ひ》かれちゃいますか？　そんなことを心配されているのですか？　あら、ジョヴァネリさんだわ。あそこに見える木に凭れていらっしゃるわ。馬車に乗っていらっしゃるご婦人たちを眺めているんだわ。ねぇ、何とも落ち着いた風貌じゃありませんか？」

なるほど、そう言われてみれば、少しばかり向こうの方に小柄な男が腕を組んでステッキを大事そうに持って立っていた。その姿がウィンターボーンの目に映った。その男のボタンホールにはコサージュが挿し込まれていた。端正な顔立ちの品の良い青年で、帽子を気取って斜めに被り、片メガネをかけていた。ウィンターボーンは彼をチラッと見てから言った。「お待ち合わせの男性は、あの方ですか？お話をされるんですね」

「お話をされるって？　それはそうですよ。まさか手振り身振りで話す訳にもいかないでしょ？」

「そういうことでしたら、私はお傍にいなくてはなりませんね」と、ウィンターボーンは言った。

デイジーは立ち止まって、彼の顔をじっと見た。困惑したような表情は微塵も窺えなかったし、またチャーミングな目と表情に愛嬌を添えてくれるエクボにも変化はなかった。「何とも落ち着き払った佇まいだこと！」と、この若者は思った。

「そう言われるのはあまり好きではないわ」と、デイジーは不満を漏らした。「ちょっと相手に威圧感を与えるような」

「そんなつもりで言ったんじゃないけど、もし、そのように思われたのなら謝ります。ただ、自分の思うところを伝えたかったまでなんです」

若い娘はいつもより真剣な眼差しを彼に送った。しかし、不思議なことにその瞳は美しさが一層増していた。「私って、人から指図されることが嫌いですし、いわゆる他人に干渉されたくないんです。これまでそういう経験は一度もありませんので」

「それは間違っていると思いますよ」と、ウィンターボーンは言った。「たまには、人の話にも耳を傾けた方がいいですよ——まぁ、それなりの紳士の言葉という意味ですが？」

デイジーはまた笑い始めた。「いつもしっかり聞いていますよ！　じゃ、ジョヴァネリさんは、あなたの言うところの紳士ですか？」と、彼女は大きな声になった。

胸元をコサージュで飾った男性は、やっと二人の存在に気づいた。そして媚《こ》びた態度で素早く若い娘に近づいて来た。その男性はデイジーだけでなく、ウィンターボーンにもかしこまった挨拶をした。彼は爽やかで魅力的な笑顔を浮かべ、その眼差しは知性に溢れていた。男性の容姿は難癖をつける余地がないと思ったが、それでもウィンターボーンは「やはり、れっきとした紳士ではありませんね」と、デイジーに言った。

デイジーの人と人を引き合わせる技は、まさに天才の仕業だ。二人の男性の名前をそれぞれに出して絶妙に紹介し終わると、二人を自分の両側に従えて歩き出した。英語を何不自由なく流暢に話すジョヴァネリ氏は、これまでたくさんのアメリカの資産家の跡取り娘たちを相手にさんざん実地訓練を積んできたようだ。ウィンターボーンはそのことを後になって知ることになる。ジョヴァネリ氏は丁寧な言葉遣いを駆使して、ろくでもない話を彼女の耳にそっと囁くように吹き込んでいた。彼はなかなか世故に長けた傑物だった。どうやらイタリア人というのは、落胆の度合いが大きければ大きいほど、一層愛想よく優しく振る舞うことができる人種で、そこには知恵の深さが窺える。アメリカの青年ウィンターボーンは言葉に出さず、心の中でそのことをしんみり考えた。ジョヴァネリは、てっきりデイジーと二人きりになれるものと期待していたのに、まさか三人がここで揃うとは、想定外だったに相違ない。それなのに表情はまったく平静そのもの。先を見越した魂胆が見え隠れする。ウィンターボーンは、このイタリア人青年の本性をいち早く見破ったと思った。「この男は正統派の紳士ではないなぁ」と、若いアメリカ人青年は心の中で呟いた。「紳士然としたペテン師だろう。あるいは音楽教師か。さもなければ三文作家だろうか。いや、三流画家の類いかもしれないなぁ。ただ、あの整った顔立ちが癪《しゃく》に障る！」。ジョヴァネリ氏は確かに美男子だが、それよりも偽物の紳士と本物の見分けもつかない同胞の可愛い娘のお粗末な眼識にやり場のない憤りをウィンターボーンは感じた。ジョヴァネリが陽気に喋ったり冗談を飛ばしたりして、相変わらず如才なく立ち振る舞っている光景には驚いた。まやかしものだとしても、精巧な魔力の香りが漂う。「それにしても解せない」と、ウィンターボーンはぼそっと呟いた。「もし良識のある娘なら、その区別くらい容易にできるはずだろう！」。こうなると、果たして彼女は良識のある娘と言えるかどうか、結局またそこに立ち返ってしまった。たとえ不埒《ふらち》な戯れに興じるアメリカ人娘であったとしても、まともな良識を身につけた若い娘が素性の知れぬ怪しい外国人と逢瀬を交わすものなのだろうか？　二人はローマでも人がたくさん集まるスポットを選び、白昼堂々と衆人環視の中、思慕の念から逢瀬を遂げた訳だが、それは彼が世の中を斜に構えて見た所業なのか？　果たしてその証左なのか？　ちょっと奇妙に聞こえるかもしれないが、これから恋人に会おうとするデイジーは、同伴の身である自分の存在に少しも戸惑う様子を見せなかった。そのことにウィンターボーンはいささか困惑した。また、ついそう思ってしまう自分の僻《くせ》にも驚いた。もはや彼女を凛とした華やぎで魅了する正統派の若い淑女と見ることは到底できなくなっていた。彼女は清々しくも、ある種の繊細な気配りに欠けているように見えた。デイジーをよくロマンス小説に描かれるような「無軌道な愛」に翻弄された女性だとみなせば話は簡単だ。事はすぐに割り切れる。もし妙に厄介者扱いされるようであれば、こちらは彼女を単なる尻軽女と見ればいいだけの話だ。もうそれ以上、あれこれ思い悩む必要もない。しかし、この時のデイジーの大胆不敵さと無邪気さという属性が入り混じった不可解な態度の真意は何なのか。

　彼女は二人の騎士を両脇に従えて十五分ほど歩いた。その間、ジョヴァネリ氏の空々しい、歯の浮くような台詞に耳を傾け、デイジーはまるで幼子がそれに応えて無邪気にはしゃいでいるような様子だった。少なくとも、ウィンターボーンにはそのように思えた。庭園内を走っている馬車の一台が、その列から外れて歩道の近くで停止した。その瞬間、ウィンターボーンは車中に座るウォーカー夫人――すなわち、先ほど辞去したばかりの邸宅の女主人だが――がこちらに向かって手招きをしているのに気づいた。するとウィンターボーンはすぐにミラー嬢の傍から離れ、その合図に応じてウォーカー夫人の方に向かった。ウォーカー夫人は興奮気味に顔を紅潮させていた。「一体なんてことをしてくれたんですか」と、彼女は憤った。「あの方はお嬢様なんだから、あんな真似はよろしくありません。二人の男性を引き連れて、それも馴れ馴れしくこの辺を闊歩するなんて不謹慎極まるわ。衆目に嫌でも晒されているじゃありませんか」

　ウィンターボーンは目を大きく見開いて驚いた。「あまり騒ぎを大きくしたくないと考えて」

「あのお嬢様をこのまま放っておけば深刻な問題になるわよ！」

「彼女は無邪気そのものだけど」と、ウィンターボーンは言った。

「とんでもない、どうかしているわよ」。ウォーカー夫人の返答は思わず声高になった。「そもそもあの母親が無知蒙昧《もうまい》の女だから、娘がこの有様なのよ、そうでしょ？　あなた方が出かけてしまった後に、そんなことを考えていたら、何か居ても立ってもいられなくなってしまって。彼女を何とかして守ってあげたいと思ったの。それで、馬車をすぐに呼びつけて、帽子を被り大急ぎで馳せ参じた次第です。そして、ここであなたを見つけることができて本当によかったわ！」

「それで、どうなさるつもりですか？」と、ウィンターボーンは笑みを零しながら尋ねた。

「彼女に頼み込んでこの馬車に乗って頂きましょう。三十分くらいこの辺りを徘徊して、あの子がだらしないとか、あばずれだとか、そういったよからぬ印象を払拭させること。世間にそう周知させることが大切なのよ。それから彼女を無事にご邸宅まで送り届けましょう」

「あまりよい思いつきだとは思いませんが、とにかくやってみましょうか」と、ウィンターボーンは納得したかのような口ぶりだ。

ウォーカー夫人は、とりあえずそうすることにした。青年はデイジー嬢を追いかけた。彼女は車中の夫人に軽い笑顔を浮かべてひと言も発さず、ちょこっと頭を下げただけだ。それからジョヴァネリと連れ立って歩いて行ってしまった。彼女に追いついたウィンターボーンが言う。夫人が話をしたいことがあると告げると、デイジーはジョヴァネリを伴って引き返して来た。その立ち振る舞いは、あくまでも優雅で涼しげな表情を崩すことはない。デイジーはこのイタリア人紳士をウォーカー夫人に紹介するちょうどいい機会だと、屈託なく言ってのけた。あっという間にこの紳士の紹介を済ますと、今度はウォーカー夫人の膝掛を、これまで見たこともないほど素晴らしいものだと大いに褒め上げた。

「そんなに褒めてもらえて嬉しいわ」と、ウォーカー夫人は微笑みを零して言った。「じゃ、お乗りになってみては？　それを掛けて差し上げるわ」

「いや、結構ですわ。奥様がそれをお掛けになって乗車されていた方がずっとお似合いですもの」

「まぁ、そう言わずにお乗りになって、ご一緒しましょうよ」と、ウォーカー夫人は言った。

「それも素敵でしょうね。でも、今こうしているのも楽しいので！」と、デイジーは両脇に従えた紳士に輝かしいばかりの一瞥《いちべつ》を送って言った。

「なるほど、お楽しみでしょうけど、ここではあまり見慣れない光景ですから」と、ウォーカー夫人は馬車から身を乗り出して、両手をしっかり組むような格好で言った。

「そうなんですか。では、こういうことをよく見慣れた光景にすればいいんじゃないですか！」と、デイジーはそれに応えた。「たかが散歩ですよ、それもできないようでは、生きた心地もしませんわ」

「それならば、お母様とご一緒されたらいかがですか」と、ジュネーヴのご夫人はさすがにカッとして冷静さを失った。

「えっ？　私の母とですか！」と、この若い娘は叫んだ。デイジーは自分に迫る干渉の匂いを嗅ぎつけたのではないか、そういう風にウィンターボーンは思った。「私の母なんて生まれてこの方、一度も散歩なんかしたことがありませんよ。それに私はもう子供なんかじゃありませんから」

「そうおっしゃるなら、もう少し分別を促してみてはどうかしら。人の口に戸は立てられませんよ、ミラーさん」

「えっ⁉　それはどういう意味ですか？」と、デイジーは笑みを崩さずに言った。

「まぁ、とにかくお乗りなさいな。そうすればお教えしますよ」

デイジーはまた素早く両脇の紳士を交互に見た。ジョヴァネリ氏は手袋を擦り合わせながら、あちこちに笑顔を浮かべて愛嬌を振りまいていた。ウィンターボーンはそれをひどく不愉快な光景だと思った。「聞かないことにしましょう。それを聞いて心が救われる訳でもなさそうだし」と、デイジーは間もなくして口を開いた。

ウィンターボーンはウォーカー夫人が例の膝掛を掛け直して、この場から走り去ってくれたらいいのにと思った。ところが、後日談として漏れ伝わってきた話だと、あまりに身勝手な言い草に腹が立って仕方なかったようだ。「じゃ、とにかく規格外で無軌道な女とみなされても結構なのね？」と、彼女は攻め寄った。

「あらまあ、何ということを！」と、デイジーは叫んだ。彼女は再び、ジョヴァネリ氏の方に目をやった。それからウィンターボーンの方に向きを変えて見た。淡く色づいた頬が彼女の極上の美しさを露わにしていた。「ねぇ、ウィンターボーンさんはどうお考えですか？　私が自らの評判を落とさないために——馬車に乗るべきでしょうか？」と、デイジーは笑いながらゆっくり尋ね、そっと顔を上げてそれこそ彼の頭の天辺から足の爪先まで視線を泳がせた。

ウィンターボーンは頰にほんのり赤みを見せたものの、一瞬の戸惑いを隠せなかった。まさか彼女が「自分自身の評判」について口にしようとは。いささか唐突な感があることは否めなかった。しかし、実際、この場面では彼自身、高潔な精神に照らし合わせて対応すべきだと感じたようだ。究極とも言えるその精神とは、すなわち真実を包み隠さず述べることだ。とにかく、これに尽きる。すでに賢明な読者はお気づきかも知れないが、ウィンターボーンにとっての真実とは、デイジー・ミラーがウォーカー夫人の忠告に耳を傾けることに他ならないのだ。その得も言われぬ凛とした美しい姿に魅せられながら、彼はとても穏やかな口調で言った。「馬車にお乗りになった方がいいですよ」

デイジーは思わず大笑いした。「そんな堅苦しいこと言わなくてもいいと思うんですけど！　ねぇ、ウォーカーさん、こんなことで不埒な女と烙印《らくいん》を押されるなら、それも結構。どうぞご勝手にしてください。こんな私ですので、どうかもう諦めてください。では、ごめんくださいませ。楽しいドライブを！」。このように言い残すと、デイジーは勝ち誇ったような柔らかい表情で挨拶をするジョヴァネリ氏を伴って、悠々と歩き去ってしまった。

車中のウォーカー夫人はデイジーの後姿を見送った。その目には涙が。「さあ、こちらに来てお座りなさい」。夫人はそうウィンターボーンに言うと、隣の席に座るよう手招きした。青年がミラー嬢をそのままにしておく訳にはいかないと説明すると、私の言うことを聞かないのであれば、もう二度と口をききたくないわと夫人は言う。どうやら冗談を言っているようでもなさそうだ。すると、ウィンターボーンはおもむろに走り出した。そして、やっとデイジーと連れの男に追いつくと、彼女にそっと手を差し伸べた。そして、ウォーカー夫人が同行を促している旨を伝えた。きっとまた彼女の自由気ままな言動に翻弄されそうだと、ウィンターボーンは覚悟した。辛抱強く救いの手を差し伸べようとしているウォーカー夫人の思いを、さらに踏みにじるような理不尽な対応ではいけない。しかし、彼女は握手には応じたものの、目を合わせることはしなかった。一方、ジョヴァネリ氏は帽子を大げさに振って別れを告げた。

ウィンターボーンはウォーカー夫人の馬車の人となったが、なんだか気分が晴れないままの状態だった。「あまり賢いやり方ではなかったようですね」と、彼は率直に言った。そうこうしているうちに、馬車は再び混雑の渦の中に紛れ込んでいた。

「こうなってしまったら、賢明なやり方も何もあったものではないわ。愚直に取り組むしかないのよ!」と、夫人は答えた。

「その好意や善意が仇《あだ》となってしまい、結果的には彼女の気持ちが冷めてしまったようです」

「あれでよかったと思いますよ」と、ウォーカー夫人は言った。「あれほどまでにして周囲からの評判を落とそうとしているなら、それも結構でしょう。ただし、そのことを知ることができるなら早ければ早いほどいいわ。こちらの対処法だって異なるもの」

「人に害を与えようとしたり、騙《だま》そうとしたりする気持ちはなかったと思いますが」と、ウィンターボーンは言った。

「一か月前は、そんな感じでしたわね。でも、その後がいけませんわ」

「たとえば、どんなところでしょうか？」

「ここに来たら、絶対にやってはいけない作法のすべてよ。男を漁って気軽に声をかけたり、あるいは素性の知れないイタリア人の男たちと憩う真似をしたりすること。同じパートナーと夜通し踊りに耽るだけではなく、ある時は夜の十一時になっても来客と一緒に居座るのは非常識だと思わないですか？　客が来れば母親はどこかに雲隠れする始末」

「でも、弟さんがいるでしょう」と、ウィンターボーンは笑いながら言った。「夜中まで目を覚ましているんじゃないですか？」

「そうね、それにしてもよろしい教育だこと。とにかく、あのホテルではいつも彼女の噂で持ち切りなのよ。もしも、男がミラー嬢を訪ねるようなことがあれば、ホテルの従業員たちは浮き立って薄ら笑いを浮かべながら、お互いに好奇の眼差しを交差させるのよ」

「それはけしからん、処罰の対象だ！」と、ウィンターボーンは憤りを露わにした。「あの娘さんの欠点は、不幸にも躾や教育が適切に施されていないことぐらいでしょうか」と、付け加えた。

「どうやら生来の癖のようね」と、ウォーカー夫人は断言した。「今朝だって、そうでしょ。あのザマよ。あなた、スイスのヴヴェイでは、どれくらい一緒にいたの？」

「二、三日だったでしょうか」

「ああ、その程度なのね。それにしても不謹慎ない言い方よね。あなたが帰ってしまったとか言うなんて！」

ウィンターボーンはしばらく沈黙した後、こんな風に言った。「ウォーカーさん、あなたも私もジュネーヴでの生活が長過ぎたかも知れませんね！」。それから一言を付け加えた。夫人が執拗に自分を馬車に乗せようとした理由は何なのか。何か特別な意図があるのか。

「実はですね、ミラー嬢と縁を切ってほしいという思いがありまして——つまり、妙に仲睦まじくふざけ合うことはやめてほしいの。もうこれ以上、彼女が醜態を晒すことがないようにしてほしくて。とにかく、放っておいてほしいと思ったからです」

「残念ですが、そればかりはできそうもありません」と、ウィンターボーンは答えた。「私は彼女がとても好きですので」

「それならなおさらでしょう。巷《ちまた》の噂の種にならないようにしなくては」

「身に覚えのない変な噂などありませんよ」

「それは受け止め方次第でしょうよ。いずれにしても、気になったことを申し上げたまでです」と、ウォーカー夫人は追って伝えた。「それでも彼女に入れ込むというのなら、どうぞご勝手にしてください。この辺りがいいわね。さぁ、お降りになって頂戴！」

馬車はピンチョの丘にある庭園の一部が古代ローマの城壁から張り出したような区域を通過した。そこからは美しいボルゲーゼ公園の全容を見渡すことができた。その外縁には大きな欄干が設えてあり、近くにはベンチが幾つか設置されていた。少し離れたベンチには一組の男女のカップルが座っていた。ウォーカー夫人は、頭を動かして顎でそちらの方向を指した。その時だった。ベンチの二人は立ち上がって、欄干の方に歩いて行った。ウィンターボーンは馭者《ぎょしゃ》に命じて馬車を停止させ、座席から降りた。夫人はしばらく黙って彼を見つめていた。彼は帽子を取って挨拶をすると、夫人は厳然とした態度で馬車を走らせた。ウィンターボーンはそこに立ち尽くし、デイジーとその連れ合いに視線を注いでいる。この二人はお互い夢中になって話し込んでいたので、どうやら周囲からの視線などまるで気にはならなかったようだ。それから二人は庭園の低い壁の辺りまで歩き進むと、ボルゲーゼ公園に生育する天辺を平らに刈り込んだ大きな松の木立を立ちすくんだまま眺めた。やがて、ジョヴァネリは慣れた仕草で壁の広くて出っ張った部分に腰かけた。反対側の西に傾いた太陽から放たれた光が厚い雲の隙間から漏れて筋のように広がっている。するとすぐに、デイジーの連れの男は彼女の手から日傘を取って開いた。その日傘を彼女の肩に凭せ掛けたので、ウィンターボーンの位置からは二人の顔が見えなくなってしまった。青年はしばらくそこに佇んでいたが、それから歩き始めた。しかし、日傘を差した二人の方向ではなく、伯母のコステロ夫人の邸宅の方に向かったのである。

第四章　別離

翌日、ウィンターボーンはミラー夫人をホテルに訪ねたが、そこの従業員たちは誰一人として薄ら笑いを浮かべる者はいなかったことにニヤッと微笑んで得心した。しかし、夫人も娘も留守だったので、次の日に訪ねることにしたが、やはり折悪しくまた不在で会えなかった。ウォーカー夫人の主催するパーティーは三日目の夕べに開催されたが、この前に夫人とは気まずい別れ方をしたにもかかわらず、ウィンターボーンはそのパーティーに参加していた。ウォーカー夫人は諸外国に滞在の折に、好んで華やかな社交界を闊歩することが常である。アメリカの淑女たちの言葉を借りれば、それはヨーロッパ社交界の研究をしているとのこと。今宵のパーティーに招待された紳士淑女も、さまざまな土地から来た人士たちである。いわば生きた教材の見本市のような趣が漂っていた。ウィンターボーンが邸宅に到着した時には、デイジー・ミラーの姿はなかったが、しばらくすると、彼女の母親がどことなくしょぼくれた風情を醸して現れた。ミラー夫人のこめかみの上を飾る髪の毛は以前にも増して縮れているように見えた。この夫人がウォーカー夫人の方へ近寄ると、ウィンターボーンもそちらの方に歩み寄った。

「私一人で参りましたのよ」と、ミラー夫人は気弱な調子で言った。「どうしていいものやら見当がつかないし、どぎまぎしています。一人でパーティーに出席するなんて、これが初めてですもの――しかも、ここは外国ですからね。ランドルフか、もしくはユージニオ、あるいは他の誰かを連れて来てもよかったんですけど。デイジーが無理やり言うものですから仕方なく単身で参上した次第です。何しろ、一人で行動することに慣れていないもので」

「そうすると、お嬢様にはご出席頂けないということでしょうか？」と、ウォーカー夫人は威圧的な態度を取った。

「いや、何もかも準備は整っておりますの」。ミラー夫人は娘の身辺に今起こっている出来事に触れるだけで、理性的というよりもどこか冷めたような淡々としたいつもながらの語り口調で話した。「娘はすでに身支度を夕食前に終えていましたが、お友達が来ておりまして、ほら、あのイタリア人の男性で、ここにお連れしようとしている方です。二人で演奏を始めたら、それが止まらなくなってしまいましてね。あのジョヴァネリさんという方は、お歌がうまいの。でも間もなく、こちらに参るでしょう」と、ミラー夫人は期待を滲ませて話を結んだ。

「何もそこまでしなくても――恐縮します」と、ウォーカー夫人が言った。

「ええ、私は娘に言ったんですよ。まだ三時間もあるんだから、そんなに急いで身支度をしなくてもいいんじゃないのって」と、デイジーの母親はそれに答えた。「ジョヴァネリさんと一緒に家にいるだけなら、そんなにおめかしをしなくてもいいのに」

「あれあれ、これはまた心底恐れ入ったわ」と、ウォーカー夫人は体の向きを変えてウィンターボーンに言った。「これって、ちょっとした嫌がらせね。きっと異議を唱えたことをよっぽど根に持っているのね。だから、これは仕返しのつもりなんだわ。ここに来て何を言っても無視しちゃうから」

デイジーは十一時を過ぎてからやって来たが、人から話しかけられるまで待つようなおしとやかな女性ではなかった。きらびやかに着飾って微笑し、大きなブーケを手に持って、とにかく楽しそうにお喋りをしながら前に進み出た。その傍にはジョヴァネリ氏が付き添っていた。その瞬間、邸宅の中の誰もが話を止めて彼女の方に視線を向けた。デイジーはまっすぐウォーカー夫人の方へ歩み寄った。「私が来ないと思われてはご心配だろうと思い、母を先に伺わせましたのよ。遅れた理由は、ジョヴァネリさんには家を出る前に少しでも練習に集中する時間を確保してほしかったからです。彼って、とても歌が上手なの。ですから、ここでどうか歌う機会を作ってあげてください。さて、こちらにいらっしゃるのがジョヴァネリさんです。すでに紹介済みかしら。それはそれは素晴らしい声の持ち主で、かなりの数の魅力的な名曲をご存じですの。この夕べは練習量が多かったこともあり、ホテルではとても充実して楽しかったわ」。こうした話の内容をウォーカー夫人の方に目を向けて語ったり、邸宅の部屋に憩う面々の視線に合わせて語り尽くした。その声の印象も明るく、そして麗しく甘美な佇まいであった。その間にも、彼女はドレスの端の辺りに幾度も手を当てた。

「ところで、私の存じ上げている方はいらっしゃっていますか?」と、彼女は尋ねた。

「誰もがあなたを知っていますよ」、と言ってウォーカー夫人は言葉の裏に意を隠した。それからウォーカー夫人はジョヴァネリ氏に通り一遍の挨拶をした。ところが、この男は慇懃《いんぎん》に挨拶を返した。白い歯を見せてニコリと笑いながら頭を垂れたのだ。さらに口髭を捻り、上目遣いをするなど定番のイタリア人のモテ男の仕草をすべて行い、今宵のパーティーに花を添えた。彼はとびきり上手に何曲もの歌を披露したが、ウォーカー夫人が後で周囲に漏らした話だと、誰があんな歌を所望したかと訊いたが、どうも埒が明かなかったようだ。だからと言って、デイジーが指示したとも思えない。デイジーは少しピアノから離れた席に腰を下ろし、いわば彼の歌唱力をみんなの前で褒め湛えたにもかかわらず、その歌の最中にも声を潜めるどころか彼女のお喋りは止まなかった。

「お部屋が狭いのが悔やまれるわ。だって、これでは踊れないもの」まるで、ほんの少し前に会ったばかりのような調子でウィンターボーンに言った。

「私は踊りませんから、一向に構いませんが」と、ウィンターボーンはそれに答えた。

「そうでしたわね。あなたは真面目で堅い方ですもの」と、デイジー嬢は言った。「ウォーカーさんとの馬車のドライブは楽しかったでしょうね」

「いや、そんなことはあまりせん。私はあなたと一緒に散歩をする方が楽しいです」

「とにかく、二人ずつ組になってお別れしたんだから、それでよかったんじゃありません」と、デイジーは言った。「そう言えば、あの時にウォーカーさんはこんなことを言ってましたよね。たかが世間の評判を口実にして、ジョヴァネリさんをそこに残したまま私だけ馬車に乗れって、それってどこか冷たい対応ですよね？ そういった考え方もあるんですね！ でも、そんなことできるはずがないじゃないですか。あまりに非人情的なやり方でしょ。もう十日前から一緒に散歩を楽しもうと話していたんですもの」

「いや、むしろそれは自嘲すべきだったと思いますよ」と、ウィンターボーンは言った。「たとえば、彼はこの土地の若い女性が相手だったら、町の通りを一緒に散歩しようなどと言い出さなかったでしょうよ」

「町の通りをですって？」。デイジーは、はっきりと目を見開いて可愛げな表情で見つめながら言った。「じゃ、どこを散歩すればいいんでしょうか？ ピンチョの丘の庭園は町の通りではないわ。幸いなことに、私はこの土地の若い娘ではないしね。私の見たところ、この土地のお嬢様たちは、型にはまった日常から抜け出せないで、いかに窮屈さを感じているか。そんな風習に従ってまで、私が自分のライフスタイルを変える必要なんかないと思うわ」

「お言葉を返すようで恐縮ですが、あなたのライフスタイルとは、気ままな道楽に興じることですか？」と、ウィンターボーンは深刻な面持ちで言った。

「もちろんですわ！」と、デイジーはまた少しニコッと笑みを浮かべて、彼を見つめた。「私はとっても好奇心旺盛で遊び好きな女の子です！　人を惹きつける魅力的な女は、みんな遊び好きですよ、そう思いませんか？　ああそうですか、なるほど私を魅力的な女と思っていない訳ですね」

「いいえ、あなたは素敵な女性ですよ。だから申し上げたいんですが、遊ぶなら私だけを相手にして頂きたいんです」と、ウィンターボーンは言った。

「ああ！　それはどうもありがとうございます。でも、以前に申し上げた通り、あなたはあまりに四角四面のステレオタイプの男性だからお相手するにはちょっとねー」

「また、そんなことをおっしゃる」と、ウィンターボーン。

デイジーは愉快そうにニヤリと笑った。「あなたを怒らせることができるなら、何遍でも言うわよ」

「どうか、それはおやめください。私は感情的になるとますます堅苦しい男に変貌してしまいますから。でも申し上げておきたいのは、あなたが私と遊んで下さらないというのであれば、せめてあのピアノの男との戯れはお止めください。そういう行為はここでは通用しませんので」

「こちらの方は、そういうことには理解があるものと思っていましたわ！」と、デイジーは叫んだ。

「若い未婚の女性は別です」

「既婚の女性よりも若い未婚の女性なら、むしろ世間の常識にとらわれず思いのままに振る舞うことが当たり前じゃないかしら」と、デイジーは思いの丈をぶつけた。

「しかし、よく郷に入っては郷に従えと言うでしょう。ここはアメリカではありません。したがって、他人の思惑などに気を遣うことなく男女が交際することができるアメリカの文化や生活習慣とはまったく異なります。だから、お母様の付き添いもなしに人前でジョヴァネリさんと一緒に過ごすことはですねー」

「あら、私の母のことまで！」デイジーは口を挟んだ。

「あなたは安易にお考えでしょうが、たぶんジョヴァネリさんは違うでしょうね。何か別のことを考えているかも知れませんよ」

「とにかく、あの方は妙に説教めいたことは言われません」と、デイジーは陽気に言った。「お知りになりたいのであれば申し上げますが、私たち単に浮ついた気持ちでお付き合いしている訳ではありませんの。むしろ、とても親しい間柄ですから」

「えぇ！」と、ウィンターボーンは啞然《あぜん》とした。「もし、二人の間に恋愛感情があるのなら話は別ですね」

これまで話が忌憚《きたん》なく交差して円滑に進んでいたので、まさかこんな衝撃的な発言が飛び出すとは。ウィンターボーンは事が思わぬ方向に急展開してしまい、狼狽の色を隠せなかった。しかし、彼女は頰を赤らめたまま立ち上がった。このような様子を見ていると、不埒なアメリカ人娘というものは、この世で最も御し難い生き物だと、思わず心の中で叫んだ。「ジョヴァネリさんは、少なくとも他人を不快にさせるようなことなど絶対におっしゃいませんわ！」と、デイジーは相手を一瞥してから言った。

ウィンターボーンはすっかり面喰らってしまい、彼女から視線を逸らさず立っていた。すでにジョヴァネリ氏は歌うのを止めていた。彼はピアノを離れてデイジーの方へ近寄った。「別の部屋で、ゆっくり紅茶でもいかがですか？」と、彼は伺いを立てた。そして、身を屈《かが》めると顔が華やかに綻んだ。

デイジーはウィンターボーンの方に向きを変えて、また笑顔を浮かべ始めた。果たしてこの笑いは一体何を意味するのか、彼は依然として困惑状態の中にいた。彼女には生来、心に抱えた嫌な感情を払拭して心穏やかな状態に戻ることができる優しい特性があるのだろうと思うしかなかった。「ウィンターボーンさんには、こんな時に紅茶でもいかがですか、そんな小洒落た誘い方はできませんものね」と、彼女はどこか挑発的な表情を見せた。

「アドバイスくらいならできますけど」と、ウィンターボーンは言った。

「それよりも薄めの紅茶の方がいいわ」と、デイジーは大きな声で言うと、煌《きら》びやかな様子のジョヴァネリと一緒に隣の部屋に移ってしまった。その夕べの彼女は隣の部屋の厚い壁に朝顔状に開けた窓の傍でジョヴァネリと一緒にずっと座っていた。二人とも素敵なピアノの生演奏を聴くことに興味を示すことはなかった。いよいよデイジーが辞去の挨拶をする時になると、ウォーカー夫人は彼女が到着した時、妙に気後れして何も出来なかったが、今度ばかりは毅然とした姿勢を見せつけてあげようとした。デイジーに対して素っ気ない態度を取り、別にどう思われても構わないといった振る舞いをした。ドアの近くに立っていたウィンターボーンは、その様子を最初から最後まで見届けていた。デイジーは顔色が蒼白《そうはく》になって、その視線を母親の方へ向けた。しかし、ミラー夫人は相手の反応が思わしくなくとも、それを非礼とは思わず慎ましやかに対応した。自分では無作法にならないように気を配り、周囲にいる人たちのてまえ、それに神経を集中させていた。「では、これで失礼します、ウォーカーさん！」と、彼女はお別れの挨拶をした。「素晴らしい夕べのパーティーでしたわ。こちらにお伺いさせていただいた時は、娘と別々でしたが帰りは一緒に帰ります」。デイジーは青ざめた深刻な表情を浮かべ、戸口にたむろする人たちに視線を向けながら身を翻して去って行った。ウィンターボーンは、その時初めてこのように察したようだ。彼女はあまりの酷い屈辱的な仕打ちに戸惑ったのだと。それによって彼の心は急にざわついた。

「ちょっと酷すぎやしませんか」と、彼はウォーカー夫人に言った。

「もう二度とお呼びすることもないでしょうから」と、その女主人は答えた。

そうなると、もはやウォーカー夫人の客間でデイジーに会う機会を失ってしまったので、ウィンターボーンはミラー夫人の宿泊するホテルに頻繁に足を運ぶことになった。残念なことに、ミラー夫人も娘のデイジーも留守がちで会うことができない。たとえ彼女が在宅をしていても、いつもあのジョヴァネリが傍にいるのだから厄介だ。この小洒落た小柄なローマ人の青年は、いつもデイジーと親しく一緒に応接間で憩う機会が実に多かった。これは明らかにミラー夫人の独自の教育観だろう。すなわち、子供への過度な干渉よりも、そっと見守る方がましだという考えだ。ウィンターボーンは最初のうち、自分が部屋に入ってもデイジーの憎らしいほど平然としている顔を見て困惑を隠し切れなかったが、仕舞にはそんなことに驚いても仕方ないと思うようになった。何しろ相手はあのデイジーなのだ。いつも想定外の行動しか予測できないのだから。彼女はジョヴァネリとの会話に思わぬ横やりが入っても、不愉快な顔ひとつしない。話相手の男性が増えても、一向にその新鮮さを保ったまま流れるような話しぶりは変わらない。それは素直で無邪気で大胆不敵だ。そうした複雑な属性が入り混じっている女性なのだ。たとえば、彼女がジョヴァネリにぞっこん首ったけだと仮定する。そこへ二人の甘い語らいを邪魔する者が登場すれば、露骨に怪訝《けげん》な顔をするものだが、彼女の場合、そうではないのだ。それが不思議だとウィンターボーンは思った。このように彼女のどこまでも無邪気で天真爛漫な姿に接し、ウィンターボーンはますます好意を抱くようになったのである。その理由ははっきりしないが、彼女は嫉妬に駆られることがない女だろうか、ウィンターボーンにはそう思われた。読者諸氏の失笑を買うかも知れないことを承知で申し上げれば、ウィンターボーンがこれまで興味を抱いた女性の中には、その状況にもよるが、文字通りこれは恐ろしい存在だと思える娘がいたようだ。ところが、彼はデイジーがそのような厄介なタイプではないことを知って安堵した。さらに彼女を気遣う言葉を添えれば、それが必ずしもデイジーに対する率直な褒め言葉でもない。行きつくところ、彼女には常に軽薄な若い女というレッテルが付いて回る懸念があるからだ。

しかし、彼女がジョヴァネリに惚《ほ》れ過ぎて骨抜き状態になったことは明らかだ。ジョヴァネリが言葉を発すれば、彼女は必ず彼の方を向いて顔をじっと眺める。ひっきりなしに、いろいろといらぬ世話を焼いたり、揶揄ったりして戯れる。ウォーカー夫人のパーティーで、ウィンターボーンが彼女に吐いた不愉快な言葉などまったく忘却の彼方へ消えてしまったようだ。ある日曜日の午後、ウィンターボーンが伯母と一緒にサン・ピエトロ大聖堂に出向くと、この大寺院でデイジーの姿を見つけた。彼女は相変わらず噂のジョヴァネリと一緒に散歩していたのだ。ウィンターボーンは、その方向を指差して伯母に二人の様子を知らせた。夫人は片眼鏡越しに二人をちらっと眺めてから言った。

「ああ、なるほどねー。それでずっと気持ちが沈んでいたのね、図星でしょ？」

「えぇ？　私の気持ちが落ち込んでいるなんて、そんなことまったく意識しませんでしたが」と、ウィンターボーン青年は言った。

「心ここにあらずといった様子だったわよ。何か考え事があるんでしょう」

「心配事や考えることなんてありませんよ。じゃ伺いますが、あるとしたら一体何だと思いますか？」

「ほら、あの若いお嬢さんのことじゃないかしら。ベイカー嬢だったかしら、それともチャンドラー嬢？

ええっと、誰だったかしら？――あっ、そうそうデイジー嬢ね。あの小洒落た男と逢瀬を楽しんでいる娘さんだったわよね」

「あんな風に会っていることが逢瀬を楽しむと言うんですか。衆目に晒されているんですよ？」

「だから、そこが愚かだと言うのです。何の得にもなっていないことだから」と、コステロ夫人は言った。

「まぁ、そういうことですかね」と、ウィンターボーンはさっき伯母が指摘した落ち込んだ顔で言った。「あれが逢瀬ですか。私にはどうにも理解できませんが」

「いろんな人の声が聞こえてくるのよ。あの若い娘の方が夢中だって」

「確かに二人は親しい間柄のようですね」と、ウィンターボーンは言った。

コステロ夫人は、再び片眼鏡を通して若いカップルの様子を観察した。「なるほど、ハンサムな男性だわね。誰にだって、二人がどんな交友関係にあるか容易にわかるわよ。あの娘さんは相手の男を世界一オシャレで優雅なジェントルマンだと思っているに違いないわ。きっと今まであのようなタイプの男に出会ったことがないからでしょ。まぁ、旅の案内人より甲斐性のある男だろうしね。たぶん、あの男を彼女に引き合わせたのは例の案内人じゃないかしら。もし二人の関係が結婚まで発展したら、仲介手数料は相当高くつくんじゃないの」

「彼女は彼とは結婚しないと思いますよ」と、ウィンターボーンは言った。「あの男だって、結婚までは望んでいないんじゃないかなぁ」

「じゃ、どんなつもりなんでしょうかねー。大昔の気ままな人士の真似でもしているのかしら。無為で日々同じ生活を送っているに過ぎないわ。無教養で品性に欠けた生活だと想像がつくわ。そんな気まぐれに任せた日常だから、突然婚約しましたなんて、言い出しかねないわねー」

「それはどうでしょうか。ジョヴァネリはそこまで考えていないと思いますが」と、ウィンターボーンは言った。

「ジョヴァネリって、どなたのこと？」

「あの小柄のイタリア人の男ですよ。すでに彼の身辺調査をしていますので、ある程度のことはわかっています。どうやら非の打ちどころのない人格者のようですよ。令名高き弁護士とか。ただし、世人の誉れ高い社交界の花形という訳ではないようです。ですから、あの案内人が彼女を仲介したということでしょうね。その可能性は高いと思われます。とにかく、ミラー嬢は彼に首ったけ。どうやら、このことは明らかのようです。あの娘がジョヴァネリを世界一の優雅なジェントルマンだと思っているとすれば、彼の方もこれほどまでに美しい女性と巡り会えたのは初めてだろうし、しかも資産家の娘ときている。それに加えて、愛嬌があり、男心をくすぐるような女性ですから堪らない。でも将来、彼女と結婚する気があるとは思えないし、また幸せな結婚生活が叶えられるなんて思っていないはずです。ジョヴァネリは、外見だけしか取り柄がない男ですから。あの摩訶《まか》不思議なドルの国に住む父親のミラー氏なる資産家は健在ですから、ジョヴァネリにしてみれば、自分にそれなりの肩書がないことへの葛藤を抱いているに相違ありません。伯爵か侯爵などの貴族の爵位があったならばと思っていることでしょう！　だから、ジョヴァネリは今の自分の置かれている幸せな境遇に満足しているはずです」

「それって端正な顔立ちの賜物ね。単にミラー嬢を若さあふれる魅力的な尻軽女だと見なしているだけだわ」と、コステロ夫人は投げやり口調で言った。

「確かに！」と、ウィンターボーンは納得した。「ただデイジーもその母親も、まだその、そうですね、何て言いましょうか、つまりそうした文化的意義を捉える上で伯爵とか侯爵を結婚相手として考える段階ではない。そこまで思考が及ばないいんでしょう」

「でも、あの弁護士さんはそのようなことを信じないでしょうよ」と、コステロ夫人は言った。

ウィンターボーンは、その日のうちにデイジーが逢瀬を楽しんでいるというたくさんの人たちからの証言をサン・ピエトロ大聖堂で入手した。ローマ在住の幾人ものアメリカ人が壁面から浮き出している装飾用の太い柱の一本に寄せた簡易の椅子に座っているコステロ夫人に近づいて会話を楽しんでいたのだ。いよいよ夕べの祈りを捧げる時刻になり、近くの聖歌隊の席から美しい旋律の混声合唱と荘厳なオルガンの響きが放たれた。その間に、コステロ夫人とそのお友達はデイジーの日々の行き過ぎた振る舞いを巡って、大いに会話を盛り上げていたのだ。ウィンターボーンは、それを耳にして率直に愉快な気持ちになれなかった。しかし、寺院から出た大階段の辺りで、先に出ていたデイジーは相棒のジョヴァネリと仲良く連れ立って無蓋の馬車に身を委ねた。二人はどこか冷ややかな好奇な視線を浴びながらローマ市街の大通りに出て行った。その光景を眺めていたウィンターボーンは、確かに程度を超えた行為だと思わざるを得なかった。彼はそういうデイジーを気の毒に思った。それは彼女がすっかりジョヴァネリの恋の虜となってしまい正気を失ったように思えたからではない。ウィンターボーンにしてみれば、あんなに可愛くてウブな自然児が身持ちの悪い女だと指弾されることが辛かったのだ。この後に、彼はこのことをミラー夫人の耳にそれとなく入れようかと思った。彼はコルソ通りで一人の友人と会った。彼はやはり旅行者の身で素晴らしいギャラリーの魅力をすっかり堪能した後にドリア宮殿から出てきたところだった。彼は宮殿内の一室の壁に掛かっている十七世紀のスペイン絵画を代表する巨匠ディエゴ・ベラスケス[007]によるインノケンティウス十世の肖像画について、ひとしきり熱く語ったが、それからこんなことにも触れた。「実はね、同じ企画展示室で趣向の異なる別の絵も鑑賞させてもらったよ。ほら、君が先週触れていたあのアメリカ人の別嬪さんだよ」。ウィンターボーンの質問に答えて、この友人はますます美しさ際立つ女性が法王の神聖な肖像が奉安された奥まった特別な展示室で、同伴の相棒と一緒に腰を下ろして寛いでいる様子を語った。

「で、その同伴の相手は?」と、ウィンターボーンは尋ねた。

「ボタンホールにブーケを挿した小柄なイタリア人の男さ。娘さんは異彩を放ってて、途轍もなく美しかった。確か君の話だと、彼女は上流階級の身分で暮らしている方じゃなかったかな」

「そうだよ！」と、ウィンターボーンは答えた。その友人がデイジーとその連れを目撃したのがほんの五分前であったことを確認すると、ウィンターボーンは急いで馬車に飛び乗り、ミラー夫人のもとを訪れた。その時、夫人はホテルに滞在中だった。その場で、彼女は娘のデイジーが不在であることのお詫《わ》びを伝えた。

「デイジーはジョヴァネリさんと連れ立ってどこかへ行きましたよ」と、ミラー夫人は言った。「何をするにでも二人は一緒なんですから」

「お二人が親密な間柄であることは承知しています」と、ウィンターボーンは認めた。

「まったくねー！　互いになくてはならない存在である、そんな関係ですよね！」と、ミラ夫人は言った。

「それにしても、あの方は立派な紳士ですよ。娘には二人はもう婚約してるのよねって、訊いたことがあるんですよ！」

「それで、デイジーは何と答えたんですか？」

「それが、そんなんじゃないと言うんです。でも、そんな風には見えないですけど！」と、まるで自分の娘ではないような夫人の悠長な口ぶり。「実際、そんな感じですが。で、もし結婚に大きく関係するようになったら、私にその旨を話すようにとジョヴァネリさんに頼んでおきました。だって、デイジーは言わないかもしれませんもの。今の状況を主人に知らせなければならないので。そうでしょ？」

ウィンターボーンは、それがよろしいですね。是非そうしてください、と答えた。もっとも、娘の監督を務める母親がこのような心底呆れるほどおめでたい心理状態では、まったくお話にならない。ウィンターボーンは、もうこれ以上、新たな展開が望めないと思い諦めた。

その後、デイジーを訪ねても、いつも不在であった。ウィンターボーンは、二人の共通の友人の家でもデイジーに会う機会はなかった。こうした世故に長けた人たちが、黙って見過ごすことが難しいデイジーの不謹慎な行動にいささか辟易《へきえき》としてしまったからだ。だから、どこの家にも招かれなくなってしまったのである。彼らは、確かにデイジーはアメリカ人娘だけど、本国の人たちからもその途方もない行動と言動は異常だと思われていると言う。彼女はアメリカを代表する若き女性どころか、同国のアメリカ人たちからも冷たい視線を浴びているのだ。心理的な機微を観察しようとするヨーロッパ人は、その点抜け目がない。これほど痛烈に冷ややかな視線を浴びるデイジーは果たしてどのような思いでいるのか、ウィンターボーンは思慮を巡らせた。あるいは、時としてこんなことも頭を掠めて苛立ちを募らせた。彼女は何も感じていないのではないか。デイジーにはあまりに軽薄で、しかも幼稚と思われるほど未熟で大人の振る舞いができない。そして教養が低く思慮に欠けているという認識がないのだ。だから、本人も自分が排除されているような感覚すら抱いていないのだろう。いや、それとは別の考えが脳裏に浮かぶこともしばしばあった。優美な存在感を放つあの小さな生命体の中には、反骨と情熱と完璧な観察眼が秘められており、自らが発信する印象を十分承知しているのだと。その反骨精神は無垢を反映したもので、そもそも向こう見ずな天真爛漫の所作は若さゆえのものと考えられやしないか。ウィンターボーンは自分がいかに紳士的な対応を望んだとしても、彼女の純真さを何ら疑うことなく信じることに、そろそろ無理があると思わざるを得なくなってきた。すでに言及したように、とにかく拗《こじ》れたり、詭弁《きべん》に振り回されたりするのはもううんざりで、どこかへ辛辣《しんらつ》な怒りをぶつけたい思いになっている。彼にしてみれば、そういった観念に取り憑《つ》かれてしまっても不思議ではない。彼女の奇抜な振る舞いが、どこまでアメリカ的で、よくある行為なのか、あるいは彼女の個人的な特性によるものなのか、それを本能的に判断する能力が著しく低下していた。彼はこんなにも、もどかしくて辛い思いをしたことがない。だが、そのいずれにしても、彼女を自分の手元に留めておくことができなかった。時すでに遅しだ。彼女の恋心はジョヴァネリに奪われてしまったのだ。

ところが、母親のミラー夫人と少し会話を交わしてから数日も経たないうちに、ウィンターボーンは娘のデイジーと再び巡り会ったのだ。そこはかつて皇帝が暮らした宮殿として知られる廃墟で、色合いが美しい花々が咲き誇っていた。早春のローマは、芳しい花の香りに包まれていた。そしてパラティーノの丘の不規則な斜面は、新緑が映えて実に素晴らしかった。デイジーは苔生した大理石や記念の碑文が刻まれた敷石が散乱する廃墟の一つの小高い場所を散歩していた。この季節はローマの町が息を呑むほど美しく見える。ウィンターボーンには、そう思えて仕方なかったようだ。彼はローマの市街を取り巻く線と色合いが織りなす遠景の姿の調和に魅せられつつ、そこにぼっと佇みながら、かすかな湿気を含んだ生ぬるい香りを胸いっぱいに深く吸い込み、若い季節の趣と古めかしい廃墟の香りが不思議に混じり合う雰囲気を享受していた。それと同時に、デイジーがこれほど美しく輝いて見えたことも初めてだった。もっと、ウィンターボーンは彼女に会えば、決まってそのような印象を受けるのだが。あのジョヴァネリが、またもやデイジーの傍にいた。その彼もいつもより輝かしい光を放っているように見えた。

「あら、お一人でお淋しそうですね？」と、デイジーは言った。

「えっ、淋しい？」と、ウィンターボーンは尋ねた。

「だって、いつもお一人ですもの。誰かご一緒される方はいらっしゃらないのかしら？」

「あなたのお友達に比べれば、運にも恵まれていないのでしょうよ」と、ウィンターボーンは答えた。

ジョヴァネリは、最初から丁重な姿勢を崩さないように配慮してウィンターボーンに接していた。ウィンターボーンが語り始めれば静かに恭しく耳を傾け、冗談を放った際も満面の笑顔を見せた。彼はウィンターボーンを常に先輩格として立てながら言い回しを丁寧にして敬意を表していたのだ。恋敵としての居心地の悪さなど微塵も見せなかった。そつなく器用に立ち回っていた。その人を見て、必要であればいつも柔らかくへりくだった態度で臨んできたのだろう。幾分気を利かせようとしたのか、ジョヴァネリにはウィンターボーンと二人きりで思うままに語り合いたい様子が窺えた。時々ではあったが、ウィンターボーンはそのように察していた。二人の語らいを通して背負っている心の荷物を下ろしたかったように思えた。ジョヴァネリはこの若いお嬢様が特別な存在であることは心得ているが、彼女と結婚して金持ちになろうなどという、そんな大それた妄想を抱いてのぼせ上がっている訳ではないことを伝えたかったのだろう。この時のジョヴァネリはそっとデイジーの傍から離れると、アーモンドの木の小枝を折って、それをボタンホールに慎重に挿し込んだ。

「なんか、その理由がわかるような気がしますわ」と、デイジーはジョヴァネリの方に目を向けながら言った。「あの方と一緒に出歩くことが多いと思っていらっしゃるんでしょ！」と、彼女はジョヴァネリの方を見て黙って頷《うなず》いた。

「お二人のことはもっぱらの噂ですよ――まあ、敢えて言わせていただければですが」と、ウィンターボーンは言った。

「どうぞ、忌憚《きたん》なくおっしゃって！」と、デイジーは真剣な面持ちで言った。「しかし、私は何を言われようが一向に構いません。ただの噂なのにそんな些細《ささい》なことで目くじらを立てるなんて。きっとみんな驚いたふりをしているだけだわ。だって、私が何をしようが興味も関心もないんじゃないかしら。それに言っておきますが、そう頻繁に気ままに出歩いていませんから、どうぞご安心ください」

「でも、みんなそのことを気にしていますよ。そして、不快感を募らせています」

デイジーは一瞬だけど、彼を見た。「どんな風に不快感を？」

「あっ、お気づきになっていませんか？」と、ウィンターボーンは尋ねた。

「私、あなたの存在を意識していましたよ。とにかく、お目にかかった時から真面目で堅苦しい印象は変わってないわ」

「いずれ、もっと堅苦しいタイプの方に巡り会うことでしょう」と、ウィンターボーンは笑いながら言った。

「どうしたら、そのような方に出会えるでしょうか？」

「まぁ、何らかの機会にお会いするでしょうよ」

「それで会ったら、どうなるの？」

「冷淡な態度で接することでしょうね。それはどのような態度かわかりますか？」

デイジーは彼をまじまじと見つめ、顔色を失った。「先日の晩のウォーカー夫人のようなことですか？」

「そうです！」と、ウィンターボーンは言った。

彼女はアーモンドの花咲く枝をボタンホールに挿し込んで洒落込んでいるジョヴァネリの方に目をやった。

それからまたウィンターボーンの方に視線を戻した――「そのような不親切で思いやりのないような態度が露わになったとしても放っておくんですか？」と、彼女は言った。

「じゃ、私にどうしろって言うんですか？」、とウィンターボーン。

「何かおっしゃりたいのでは？」

「そうですね」と、彼は一呼吸置いてから言った。「お母様はあなたが婚約したものと思っていらっしゃいますよ」

「ええ、そのようですね」と、デイジーは軽い調子で言った。

ウィンターボーンは思わず笑い出してしまった。「では、ランドルフ君も同様に考えているんですか？」と、彼は訊いた。

「ランドルフはそんな風には思っていないわ」と、デイジーは言う。どこか訝しげなランドルフがそのような見解だと知って、ウィンターボーンはまた、くすっと笑った。ジョヴァネリがこちら側に戻って来る姿が彼の目に入った。デイジーもその様子を見て、またウィンターボーンに向かって言った。「先ほどの話に戻りますけど、私、彼と婚約してます」と、彼女はとうとう告白した。……ウィンターボーンは彼女を見て、もう笑うことを止めた。「信じて頂けますか！」と、彼女は付言した。

ウィンターボーンは一瞬、沈黙してから口を開いた。「もちろん、信じますよ」と、彼は答えた。

「あらやだわ、ウィンターボーンさんったら。私、婚約なんてしていませんよー！」と、彼女は答えた。

この若い娘さんと連れの男は遺跡の出口の方に向かって行ったので、ここに到着したばかりのウィンターボーンは、間もなくして二人と別れた。それから一週間してから、ウィンターボーンはチェリオの丘に佇む美しい邸宅で開催される晩餐会《ばんさんかい》に招かれて、そこの客人となった。その邸宅に到着すると、乗って来た馬車を帰してしまった。美しい晩だったので、帰りは歩くのもよかろうと思ったのだ。コンスタンティヌスの凱旋門をくぐり、薄明かりを浴びるフォロ・ロマーノの遺跡の傍を通過して行った。空に見える月は欠けていたので、あまり煌々《こうこう》とした明るさではない。それでも、優しい光を含んだ薄い雲のベールが辺りを等しく静かに覆っていた。邸宅からの帰路（夜の十一時になっていたが）、ウィンターボーンは大きな丸い影と化したコロッセウムにさしかかると、生来絵画に対して熱烈な嗜好を抱いていたこともあり、せっかくだから一度青く薄い月光を浴びる内部を鑑賞することも一興だろうと思った。そこで、彼は体の向きを変えて、がらんとした空間が広がっているアーチ状の建物の方へと近寄った。その近くに無蓋の馬車——すなわち、ローマではよく見かける小型の辻馬車が一台停まっているのに気づいた。それから、巨大な建物の洞窟のような暗闇を通り過ぎ、広々として静まり返った闘技場《アリーナ》に出た。それは鮮烈な記憶として残る印象的な光景だった。その巨大な古代円形闘技場の半分は、逆光の暗い影に覆われていた。残りの半分は月光の薄明りの中でたゆたう。その場に立ち尽くしたウィンターボーンは、イギリスの詩人バイロンの詩『マンフレッド』008の中の有名な詩句を口ずさみ始めた。ところが、その詩句の暗誦を終えるまでに、ふと頭をよぎる言葉があった。コロッセウムでの夜の瞑想については詩人の勧め、医者の咎めという言説だ。なるほど、確かにそこには歴史的な雰囲気が満ち溢れているが、それは医学的な見地からすれば悪性度の高い毒気の蔓延を意味することに他ならない。ウィンターボーンは闘技場のど真ん中に進み出た。それはこの建物の全容を見渡すためであった。それからすぐに退散するつもりでいた。内部の真ん中に立つ大きな十字架は、暗い影に包まれていたので、そこに近づくまで判別が困難だ。いよいよそこに近づくと、階段状の造りに包囲された十字架の基礎部分の辺りに、かろうじて二人の人影が見分けられた。一人は女で、そこに座していた。もう一人は男で、女の前に立ち尽くしていた。

間もなくして、女の声が届いた。その声は生暖かい夜の空気を破ってウィンターボーンの耳に明確に侵入してきた。「あれ、あの人、昔のライオンやトラといった猛獣を彷彿とさせるような荒々しい様子で、こちらの方を睨みつけているわ。キリスト教の殉教者たちって、こんな風だったのかしら！」。それは耳馴染みのあるデイジー嬢の声だった。

「空腹を抱えていなければいいのですが」と、例の男のジョヴァネリが当意即妙に言い放った。「まず狙われるとしたら私でしょうね。あなたは食後のデザートかな！」

ウィンターボーンに戦慄が走り、思わず立ち止まってしまった。だが、どこか安堵するような思いに包まれたことも事実だ。突然、これまでのデイジーの謎の行動の解明に光明を見出し、不意にその疑問が氷解したような気がしたからだ。彼女は典型的な紳士たる者が深い敬意を表するに足る若い女性ではなかったと言えよう。彼はデイジーとその連れを眺めながら、そこに立ち尽くした。こちらからは二人の輪郭が霞んでぼんやりとしか見えないが、先方からは自分の姿がはっきりと見えているに違いない。それはどうでもよかった。彼女は一体どんな女性なのだろうか、そんなことに執着していた哀れな自分に嫌気がさして、やり場のない怒りが込み上げてきた。それから、また彼は歩みを進めたが、すぐに立ち止まった。彼女を見る目が公平ではないという危惧に由来するのではなく、もはや過剰な執着や執心の呪縛から解き放たれ、浮かれ騒ぐ自分への戒めによるものだった。彼は来た道を引き返して出口に向かったその瞬間、またデイジーの声が耳に届いた。

「あら、そこにいるのはウィンターボーンさんじゃないの！　わざと気づかないふりをしているなんて意地悪ね！」

軽率でいい加減な振る舞いばかりが目立つ小娘にしては、抜け目のないところがあるものだ！　その可憐で純情さを手酷く傷つけられたという狡猾《こうかつ》極まる態度にも辟易する！　しかし、わざと気づかないふりをしたとは承服しかねる言葉だ。ウィンターボーンは再び向き直って、二人が佇む大きな十字架の方へ歩いて行った。デイジーはすでに立ち上がっていた。ジョヴァネリは帽子を取った。保健衛生上の観点からも、マラリアの巣窟として恐れられているこの有病地を繊細で華奢な小娘が、よりによって夜に闊歩することなど言語道断。まさに狂気の沙汰としか思えない。ウィンターボーンは今、そんな風に考え始めていた。自由奔放で小利口な女だからと言って、厄介な熱病に罹患して死ぬという道理はない、そうだろう? 「ところで、ここにはどのくらい、いたのですか?」。いささか乱暴な口っぷりだった。

月明かりに照らされた美しい姿が露わになった。デイジーはウィンターボーンにちらっと視線を投げかけた。「一晩中ずっと、ここにいましたよ。——だって、こんなに美しい夜ですもの」と、彼女は穏やかに答えた。

「でも、ローマの熱病は美しくなんかありませんよ。こんなところにいつまでも、いらっしゃると熱病に罹ってしまいますよ」と、ウィンターボーンは忠告した。さらに言葉を続けた。「地元のことをよく知悉しているはずのあなたなのに、随分と無分別な対応ですね。そんなんじゃいけませんよ」

「ああ、私のことなら気にしなくて大丈夫ですよ」と、綺麗に整った顔立ちの男は言った。

「誰もあなたのことなんか気にしていませんよ。こちらのお嬢さんのことですよ」

ジョヴァネリは端正に整えられた眉毛を上げて、白く輝く美しい歯を見せた。しかし、彼はウィンターボーンの誹謗を従順に受け止めた。「お嬢さんには、とにかく慎重に対応してくださいと申し上げました。だからと言って、果たして彼女は賢明な選択をするような方でしょうか?」

「私はこれまで病気一つしたことがありません。無論、これからもないわ!」と、デイジーは言い張った。

「私は見た目より健康なんですよ! 月光に浮かぶコロッセウムをどうしても見学したかったの。それを見ずに帰国するなんてことは考えられなかったわ。本当に素晴らしい時間を過ごすことができましたわ、ジョヴァネリさん？　もし、私の体のどこかに異変が起きたら、ユージニオが薬で何とかしてくれるでしょう。彼って、結構効き目の高い良薬を持っているから。まぁ、ご心配は無用ですわ」

「じゃ今にでも早く帰って、その薬をお飲みになったらどうでしょうか！」と、ウィンターボーンは率直に忠告した。

「それが賢明ですね」と、ジョヴァネリも同調した。「それでは、早速馬車の準備をさせましょう」。彼は急き込んだ調子で言った。

デイジーはウィンターボーンと連れ立ってその後に続いた。彼はデイジーの姿をじっと眺めていた。彼女は気まずい様子など微塵も見せずにいた。ウィンターボーンは何も口にしなかったが、デイジーはこの辺りの美しい景色に纏わる話をした。「とにかく、月下の美しいコロッセウムの全容を眺めることができたわ！」と、彼女は声高に言った。「ずっと経験したかったことの一つなの。本当によかったわ」。すると、デイジーはウィンターボーンが黙想に耽っていることに気づいた。で、その理由を訊いてみた。彼はそれに敢えて答えず、笑い始めた。ご両人は暗いアーチの下をくぐろうとしていた。ジョヴァネリが馬車の傍に控えていた。ここでデイジーは一瞬、立ち止まり若いアメリカ人男性に目を注いだ。「このあいだ、私が本当に婚約していると思いました？」と、彼女は尋ねた。

「その時、私がどう思うが大したことではありません」と、ウィンターボーンは笑みを崩さなかった。

「では、今はどう思っていらっしゃるの？」

「敢えて言わせてもらえれば、あなたが婚約していようがいまいが、私にはあまり重要なことではありませ
ん！」

彼はデイジーの美しい眼差しが、アーチ型の通路を覆う暗闇の中から、じっと自分に注がれているのに気づいた。彼女には明らかに言葉掛けをしようとする動きが窺えたが、ジョヴァネリが二人の空間に割り込んで来て急かした。「さあ、早く。真夜中までに戻れば大丈夫ですから」

デイジーは馬車に乗り込み席に着いた。その隣には幸せを満喫しているイタリア人男性が座った。「どうかユージニオの薬をお忘れなく！」と、ウィンターボーンは帽子を取ってから言った。

「なんかもうどうでもいいわ」と、デイジーは少し奇妙な調子で答えた。「ローマの熱病に罹ろうがなるまいが！」この時に馭者は馬に鞭《むち》を入れ、馬車は斑《まだら》な敷石を敷き詰めた古びた歩道を走り過ぎて行った。

ウィンターボーンは――いわば、彼の名誉と良識にかけて言わせてもらえれば――深夜のコロッセウムで一人の男性と一緒にいるデイジーに遭遇したなどと、他の誰にも洩らさなかった。それにもかかわらず、数日も経たないうちにヨーロッパの小さなアメリカ人社会の中では尾ひれのついた噂話がどんどん広がり、瞬く間に全員の知るところとなってしまい、それ相応に槍玉に上げられてしまったのだ。今回の噂の出所は明

らかにホテルであろうと、ウィンターボーンは踏んでいた。つまり、デイジーが戻った直後にホテルのポーターと馭者との間で情報のやり取りが秘かに行われたものと判断したのだ。それと同時に、この青年はデイジーのような媚態を帯びた行動をするコケティッシュなアメリカ人娘が、つまらぬ連中の間で嘲笑の的になろうが、なるまいが今の自分にとってそれほど重要なことではないと思った。ところが二、三日経つと、彼らによって重大な知らせがもたらされた。あの可愛いデイジーは生死の境を彷徨う重篤な状態にあるというのだ。その情報を聞きつけたウィンターボーンは、さらに詳細な状況を知ろうと、すぐにホテルに直行した。すると、彼が到着する前にすでに二、三人の慈悲深い友人たちが集まっており、ミラー夫人の客間ではランドルフを相手にその態様について不安を募らせていた。

「夜なんかに出歩くからだよ」と、ランドルフが言った。——「だから病気になっちまうんだ。いつも夜になると出歩くんだから。外は途轍もなく暗くなってしまうんだから、そんな闇夜に出歩くなんてどうかしているよ。こっちでは月夜でもないと何も見えないんだ。アメリカなら、どこにいても月を見ることができるんだけど！」。そこにはミラー夫人の姿は見えなかった。きっと、娘の傍に付き添っているに違いない。デイジーが予断を許さない重篤な症状にあることは明らかだ。

ウィンターボーンは彼女の病状を知ろうと、再三ホテルに足を運び、一度だけミラー夫人と面会できた。彼女は娘の病状が憂慮すべき状態にあることを承知しているようだった——意外なことだが、彼女には取り乱している様子などまったく窺えなかった。そこには思慮深く、そして甲斐甲斐しく介護する彼女の姿があった。彼女はデイヴィス医師について盛んに囃《はや》し立てた。しかし、ウィンターボーンはこの人もそれほど酷い蒙昧《もうまい》な徒じゃないんだなぁと、しみじみと賛辞を込めて胸に刻んだ。「先日のことだったかしら、デイジーはあなたについて話していましたよ」と、彼女はウィンターボーンに告げた。「デイジーは何が何だかわからないような話が多いんだけれども、あの時は彼女の言わんとしていることがわかりましたわ。ところで、彼女に頼まれたことがあるの。あなたに伝えたい小さなメッセージがあるとか。つまり、あのハンサムなイタリア人青年とは婚約などしていないというのです。私もそれでよかったなぁと思いますよ。だって、ジョヴァネリさんは、私の娘が病に伏してから一度も見舞に来てないし、私たちに近寄ろうとしないの。紳士的な男性だと思っていたのに、まったく失礼しちゃうわ！　ある方がおっしゃるには、娘のデイジーを夜に連れ回したことを私に咎められることを恐れているらしいの。そりゃ、もちろん怒っていますよ。こう見えても私は一応淑女ですからね。あの方だってそれくらいのことはご承知のはず。だから、叱り方だってそれなりに心得ていますよ。下品なことを口にすることなど致しません。言っておきますが、デイジーはあの方と婚約などしていません。本人がそう言ってますから。ただ、その事実をどうしてあなた様に伝えてほしいのか、その真意がわかりませんが。とにかく、そのことをウィンターボーンさんに忘れずに伝えてねって三回も言われたわ。あっ、それからスイスのあの有名なお城を訪ねたことを覚えていらっしゃるのか、それも尋ねてほしいと。しかし、私だってそこまではねぇ。ただあの娘があの方と婚約していないことを知って安堵したわ」

しかし、それはウィンターボーンが言ったように大した問題ではなかった。一週間後に、この娘は可哀そうな最期を遂げた。その死因は重症化した熱病だった。デイジーが埋葬された場所はローマ帝国時代の名残をとどめる遺跡の片隅で、こぢんまりしたプロテスタントの共同墓地の一角だった。そこには糸杉が聳《そび》え立ち、色とりどりの春の花々が百花繚乱に咲き誇っていた。ウィンターボーンはその墓の傍に神妙に佇んだ。世間を度々騒がせた若い女性の葬儀にしては、予想していたよりも会葬者が多かった。彼の傍らにはジョヴァネリも立ち尽くしていた。ウィンターボーンがその場を立ち去ろうとした時、彼は敢えて近くに寄って来た。ジョヴァネリの顔色は血の気がなくて青ざめていた。今日は葬儀という場所柄もあってか、彼のボタンホールには花が挿してなかった。彼は何か言いたげな様子をしていたが、とうとう口を開いた。「私が今まで出会った女性の中でデイジーが一番美しい方でした。そして最も情感豊かな女性でした」。それからちょっと間を置いて付け加えた。「とても純真な方でもありました」

ウィンターボーンは相手の顔をじっと眺めて、先ほどの言葉を繰り返した。「とても純真な女性?・」

「そう、最も純真な女性です!」

その言葉はウィンターボーンの怒りの琴線に触れた。「じゃ、どうしてあの恐るべき病魔が蔓延《はびこ》る場所に彼女を連れ出したんだ？」

ジョヴァネリ氏は、あくまでも紳士然として冷静沈着な人だった。彼はちょっと地面に視線を落とした。それからこんな風に説明した。「私には懸念する材料などありませんでしたし、彼女もしきりにそこへ行きたがっていましたから」

「そんなことは理由にならない！」と、ウィンターボーンは怒りを露わにした。

すると、このつかみどころがないローマの青年は、また地面に視線を移した。「たとえ、まだ彼女が生きていたとしても、私が得することは何もなかったでしょう。結婚などあり得なかったからです」

「結婚などあり得なかった？」

「ある時に一瞬、そんな期待を寄せたこともありますが、彼女にはそのような気持ちはまったくなかったと思いますよ」

ウィンターボーンは相手の言葉に耳を傾けた。そして、四月の雛菊《ひなぎく》に囲まれて新たに盛り上がった土を眺めながら、じっと佇んでいた。ウィンターボーンがそこを後にしようとした時には、すでにジョヴァネリの姿はなかった。彼はゆっくりと静かに立ち去っていたのだ。

ウィンターボーンは、その後ほどなくしてローマを去ったものの、その年の夏には再びスイスのヴヴェイに滞在する伯母のコステロ夫人のもとを訪ねた。コステロ夫人はヴヴェイの町にすっかり魅せられていた。

その滞在期間に、ウィンターボーンはデイジーの不可解な態度の真意は何か、あの人の本心が知りたいと思いながら考えあぐねていた。ある日、ウィンターボーンはデイジーのことに触れて、彼女は不当な扱いや理不尽な言動に晒されたんじゃないか、そのことを危惧しているとコステロ夫人に告白した。

「私にはよくわからないわ」と、コステロ夫人は言った。「だって、その対応で彼女にどんな影響が及んだというのか？　そんなことわからないわよ」

「彼女が亡くなる前に、私に一つのメッセージが届きました。その時は、よく理解できなかったのですが、後になって、たぶん自分のことをしっかり評価してほしかった、そのようなメッセージとして受け取りましたが」

「では、どなた様であっても自分への尽きない愛情を持っていれば、それに応える用意があると、彼女はやんわりと伝えたかったのかしら？」

ウィンターボーンはこの問いには答えなかった。しかし、しばらくしてこう言った。「伯母さんが昨年の夏に私におっしゃった通りでしたね。私がいつか何かしらの過ちを犯すだろうと。どうやら、外国の暮らしが長すぎたようです」

それはそれとして、彼はまたジュネーヴに戻って、そこに滞在した。こうして彼が外国に長く滞在し続ける動機だが、それは今なお相反する二つの要因によるものだと言われている。すなわち、「日々熱心に勉学に勤しんでいる」という事由と、「恋愛の駆け引き上手な小狡い外国人女性にぞっこんだ」という風説がたゆたう。

ほんもの

第一章　客人

いつもながらのことだが、家のチャイムが鳴ったので私の妻は来客の取り次ぎをするために玄関先に赴いた。その折に彼女から「ご夫人同伴のお方がお見えになりましたよ」と告げられると、私は瞬時に肖像画の依頼人が来訪したものと思い込んでしまった。なにしろあの頃の私は「願望は思考の父である」という諺を鵜呑《うの》みにしていたものだから、事あるごとにそんな想像を膨らませていたのだ。なるほど、この度の来訪者は肖像画の依頼人であったことに相違ないが、私が思っているような類いの依頼人ではなかった。しかし、当初そういうふうに勘繰ってしまったとしても、ちっともおかしくない。なぜならば、その男性は五十歳くらいの紳士で、すらっとした長身と相まってあごひげは少し縮れ気味で、ダークスーツも品格を高める鮮やかな着こなしにまとめ上げていたからだ。無論、床屋とか仕立て屋並みの眼識を持っているなどと戯言《たわごと》を言うつもりはないが、私はセレブが群を抜いて目立つ存在であるとするならば、彼は紛れもなくその範疇に入る人士だと仕事柄、思った次第だ。だが、世間でよく言われるように、すぐれて高潔な風采の人物が、必ずしも斯界の名士とは限らないものだ。私は以前からそのことを承知していたので、同伴の夫人を一瞥した際に、この種のパラドックスの道理がふと想起された。夫人も強烈な個性を放つセレブにしては、あまりにも卓越した風情を醸し過ぎていた。それはそれとしても、人生でまさか同時に彼らのような例外的な存在に邂逅する機会があろうとは。

紳士とその夫人はすぐに口を開こうとはしなかった。お互いが相手に口火を切らせるタイミングを与えるかのように、二人ともじっと押し黙ったままだ。しかも、どうやら恥ずかしがり屋の気味がありそうで、私の前ではその静的な佇まいを崩さないのだ。後で分かったことだが、このようにひっそりと佇むことが両人にとって最もふさわしい所作だったと言える。すなわち、彼らがはにかむような表情を浮かべながら立ち尽くしていたのには、それなりの理由があったからだ。肖像画をカンバスに描いてもらうことは賤しい頼みごとだと思い、それゆえにあまり気が進まない輩がいることは私も承知しているけれど、この新来の客ほど慇懃な態度に徹する人たちは珍しい。紳士の方がまず「妻の肖像画をご依頼申し上げたいのですが」と申し出て、それから夫人が「主人の肖像画も描いて欲しい」と願い出ればそれで済むものを。敢えてそれぞれが自分のことに言及するまでもない。もしかして、ご両人は夫婦ではないかもしれない。なるほど、このように事が繊細な状況に陥ってしまっていることを考慮すれば無理からぬことだ。あるいは、両人は夫婦の肖像画を描いて欲しいと依頼しようとしているのだろうか、その場合には第三者の仲介が必要だろう。

「私どもはリベットさんの紹介で参りました」と、ようやく夫人が口を開いた。その微笑を浮かべた表情は、まるでくすんでしまった絵肌を湿ったスポンジで拭き払ったかのような印象を放っていた。また、それはかつて誇った美貌をそこはかとなく蘇らせていた。夫人は連れの紳士と同様に女性としては背が高く凛としている。見た目年齢は連れの紳士よりは十歳くらい若いだろうか。うまく表情を読み取れないが、どうも浮かない顔をしているように見えて仕方なかった。面長で鼻筋が通った顔は、肌荒れが忍びより潤い感のある艶《つや》を失い、長く風雪に耐えてきたことを物語っている。時の流れはいやおうなしに彼女の人生に残痕を刻んでいたが、それによって硬質な表情に落ち着いてしまったようだ。細身で堅苦しさを感じさせるシルエット。そして、垂れ蓋付きのパッチポケットやボタンを施したダークブルーの小洒落た服装に身を包んでいた。きっと夫と同じ仕立て屋に任せた賜物だろうことは想像に難い。敢えて明言は避けるが、この夫婦は金持ちだが質素で倹約家だという印象を受けた。どうやら質素なのに存分に贅沢を満喫している感じがする。そうした贅沢を味わう一環としての肖像画の依頼ならば、謝礼もそれなりに割り切って考慮しなければならないだろう。

「へぇ、あのクロード・リベットが私を推したというのですか？」と私は、すかさず言葉を補った。彼の足跡は風景画に顕著に表れているが、よしんば肖像画を描くことになったとしても、別にどうということはないだろう思うのだが。彼は何しろ思いやりの深い男なのだ。

夫人は紳士をまじまじと見つめていた。すると紳士は部屋の周囲を見回してから、一瞬、目を床に落とし、あごひげをおもむろに撫でながら、こんな言葉を発してたおやかな視線を私の方に向けた。

「リベットさんが、あなたなら信頼できるとおっしゃるものですから」

「肖像画をご所望でしたら、精一杯努めさせていただきますよ」

「はい、私どもの肖像画を描いて欲しいのです」と、夫人は真顔で言った。

「ご一緒ですか？」

来客の二人はお互いに一瞥を交わした。「もし私も一緒となると、肖像画の料金は倍増になるのでしょうか？」と、紳士は言いづらそうに切り出した。

「そうですね。当然一人よりは二人の方が高くなります」

「そのような努力の成果が報われることを念じます」と、夫が心の内を吐露した。

「どうもご親切にありがとうございます」。それは描き手の取り分のことを意味しているものと思い、私はなんとも稀有な同情に謝意を伝えた。

どうやら話が噛み合わずに苦労している様子を察したのは妻のようだった。「私どもが申し上げているのは肖像画のことですが――リベットさんがおっしゃるには、あなた様ならよろしく取り計らってくれるだろうと」

「よろしく取り計らう？――肖像画？」。今度はこっちがすっかりまごついてしまった。

「つまり、妻を肖像画のモデルに使って頂けないものかと思っているのですが」。紳士は気恥ずかしさに、つい顔を赤らめた。

クロード・リベットが私に何らかの便宜を図ってくれた意図が了解できたのはこの時だった。どうやら、私が雑誌や本などに現代の生活描写をペン画で描いているものだから、そこに登場するお勧めのモデルを捜していると、彼はこの夫婦に語って聞かせたようだ。なるほど確かに私は肖像画を手掛けているが、ここで白状してしまえば、報酬額を度外視しても、私には肖像画の名匠と称される栄誉を得たいという願望がある。願望はいつか叶えられるものなのか、それとも夢は叶わないものなのか、果たしてどちらなのかは読者に想像の余地を残すが。私の描く肖像画は、あくまでも暮らしを立てるための糧なのだ。永遠の名声を残したいと願い、私はペン画より遥かに興味をそそる畑違いの肖像画のジャンルで筆を持つようになった訳だ。その分野で一儲《もう》けを企《たくら》んだとしても恥にはならないだろう。ところが、この夫婦から肖像画を無償で描いて欲しいと依頼された瞬間に、報酬を得るという切なる願いは遠退いてしまった。それゆえ、がっかりして、ひどく落ち込んでしまった次第だ。肖像画を描く上で二人はどのような範疇に入る人物なのか、私なりにすでに先ほどから自分の審美眼を働かせてよく観察していた。後日談になるが、私が意図した描き方は、必ずしも彼らの志向を満足させるものではなかったろうと思われる。

「そのように申されると？　あなた方は？」。私は驚きを呑み込むとすぐにそう言い放った。品格を重んじれば、「モデル」なんて言い放ちたくなかったろう。もはや、この夫婦には相応しくない言葉だからだ。

「そのような経験が乏しいもので」と、夫人は語った。

「私どもはとにかく何とかしなければならない境遇にあるので、あなた様のような優れた芸術家ならば、よしなに取り計らっていただけるものと思ったのです」と、彼女の夫は言った。彼は追って次のように言葉を付け加えた。私たちは画家の知り合いが本当に少ないこともあって、まずリベットさんから何か適切な助言を頂けるものと思い相談を持ち掛けた次第です。彼とは数年前にノーフォークのとある場所でスケッチを楽しんでいた折に、巡り会いました。なるほどリベットさんの専門は主に風景画ですが、確か記憶を辿れば人物画を自身の絵画として成り立たせることもあったようです、と語った。

「私どもも昔は肖像画を描いていたこともありました」と、夫人はつい漏らした。

「誠に申しにくいことですが、私たちは差し迫った状況にありますから、どうにかしなくてはならないのです」と、夫は言葉を続けた。

「もちろん、私どもはもはや若くはありません」。彼女はそっと微笑を浮かべながらそう言った。

私たちに纏わることをより深くお伝えしましょう、と言いながら、夫は真新しい名刺入れから取り出した自身の名刺を彼に手渡した。彼らが持参しているものはすべて新品だった。名刺には「モナーク少佐」と刻まれていた。それは厳かで重々しい文字だが、それで正体がすべて明らかになったという訳ではない。来客の紳士は間もなくして次のように言葉を付け加えた。「除隊後の私は金を使い果たしてしまい、実際、今となっては、私たちにはほとんど財産と呼べるものがありません」

「生活にとても困窮しています」と、モナーク夫人が言った。

二人は明らかに品性が滲み出る立ち振る舞いに徹していた。——良家の血筋を鼻にかけるような尊大な口の利き方は慎んだ。むしろ、上流階級の人士であることは負の要因だと思い、敢えて隠蔽《いんぺい》しているかのようである。と同時に別の観点から見れば、彼らは自分たちに誇るべき特性があると考え、それを逆境や困難を乗り越えるための心の支えだと思っているようにも思えた。二人は確かに優れた特性を持ち合わせていたが、それは社交の場でのみ尊ばれるものだろう。たとえば、応接間を雅やかに飾ることができるかもしれない。しかし、応接間という空間はいつも雅やかに輝き美しいものであってほしいものだ。

夫人が年齢について言及してしまったので、モナーク少佐はこんな風に述べた。「もちろんご無理のない範囲で結構ですので、私たちをモデルとしてお使いいただけないでしょうか。年齢にそぐわずに、まだシャキッとしておりますので」。背筋をピンと伸ばした正しい姿勢を保っていることが彼らの大きな取り柄であるくらいは、ひと目見てすぐにわかった。先ほどの「もちろんご無理のない範囲で結構です」という紳士の言葉も自惚れているようには響かず、むしろ曖昧さを払拭した。「妻の姿勢の正しさは、およそ他の追随を許しません」。夫のモナーク少佐は妻に向かってこまめに頷きながら、あたかも食後の忌憚のない打ち解けた態度を醸しているかのように言葉を続けた。私としてもまるでワインでも楽しみながら会話に興じているような雰囲気の中で、二人ともなかなか立派な佇まいですよと、返事をするしかなかった。すると少佐は「もし、私たちのような人物を描くことが必要な機会が到来したら、是非とも私たちをそのモデルとしてお使いください。無論、私たちはそれに相応しい人材だと自負しています。特に妻の風貌は、まさに小説に登場する貴婦人にピッタリじゃありませんか、でしょ？」

私は二人の話を聞いていると俄然《がぜん》、興味が湧いてきたので、さらなる情報を得ようと思い、できるだけ彼らの立場に立って物事を考えるようにした。するといつの間にか、彼らがあたかも貸馬や黒人の使用人でもあるかのように思えて仕方がなかった。つまり、その品定めでもしているような妙な感覚に見舞われて、私はどこか気恥ずかしさを隠せなかった。この両人は、とやかく口に出して品評するなどもってのほかで、しかるべき社交の場でしかお目に掛かれないような人士なのだ。それとは別に、私はモナーク夫人をモデルとして適当かどうか、公平かつ公正な視点から評価すると、しばらくしてから自信をもってこう告げた。「ああ、確かに奥様は小説に登場するような美しい貴婦人といってよいでしょう！」。彼女はどうみても拙劣な肖像画に登場する人物そのままだ。

「よろしかったら、ちょっと立ち上がりましょうか」。こう言うと少佐はただならぬ貫禄を滲ませて私の前に立った。

私には一見して、彼の体格が人並み以上に逞《たくま》しくて立派な様子であることがわかった。背丈が六フィート二インチ〔約一八八センチメートル〕近くもある紛れもない紳士である。たとえば業界の売れっ子を探しているようなところがあるなら、彼を専属に招いて目立つ大窓にでも立たせておけば、随分と重宝するだろう。瞬時に私はこう思った。そもそも私のところに来たことが間違いの発端と知るべしであると。むしろ何かの広告をターゲットとして絞り込んだ方が有益ではないか。詳細なことに触れる触れないは別として、どうやら自分たちが潤うのではなく、他人の資産形成に貢献しそうだ。仕立て屋やホテルの支配人や石鹼《せっけん》販売に関わる仕事に従事すれば、二人の特性を発揮できるだろう。想像するに、「私たちはいつもこの品を愛用しています」と、書かれた札でも胸に垂らしていれば、宣伝効果は一層上がること間違いなし。あるいは、ホテルにおいてよりよい接客サービスを提供できることも請け合いだ。

夫人は座ってそのままの状態を維持していたが、それは必ずしも高慢という訳ではなく、遠慮がちで内気な性格に由来するものだった。間もなくすると、モナーク少佐が妻に言葉をかけた。「なぁお前さん、その美しい立ち姿をお見せしてはどうかな」。彼女はその言葉に従ったが、端麗な容貌が優れていることは、敢えて立ち上がって見せつけるまでもなかった。夫人はアトリエの向こう端まで歩き、それから夫のモナーク少佐に気恥しそうな眼差しを向けながら頬を紅色に染めて戻って来た。この様子を眺めていたら、以前にパリの友人宅を訪れた際、たまたま目撃したある出来事が思い起こされた。その友人というのは劇作家で、その頃に舞台を演出することになっていたのだ。ちょうどその時に、ある役にありつこうとしている一人の女優がやって来た。女優はモナーク夫人が今やったような仕草、つまりフロアーを行ったり来たりと、姿勢を正して美しく歩き回る動作、すなわちモデルウォーキングを友人の前で披露したのである。その女優に引けを取ることなく、モナーク夫人の姿勢や動きも実に美しかった。だが、私は敢えて称賛することは差し控えた。こんな安い報酬で、よくもまあ働かせて欲しいなどと言ってくるものだと思い、それが不思議で仕方なかったからだ。彼女なら年収一万ポンドは稼げるだろうに。モナーク少佐は妻のことを評して、こんな言葉を用いた。当時のロンドンの業界用語を使えば、まさに典型的な表象である「スマートだ」という言葉を発したのである。そして、彼女の美しい容姿は世評に従えば、見事なまでに完璧な「グッド」なのだ。なにしろ同年代の女性と比べたら、彼女のウェストは本当に驚くほど細いし、肘関節の屈曲角度などは正統派の美しさを湛えていると言っていい。小首の傾げ方に至っても、いかにも上流階級の型になぞらえて優美である。そんな彼女がどうして私などのアトリエを訪ねて来たのだろうか？　どうせなら、どこか大手店舗のマヌカンにでもなるべきだったろう。私は二人が単に貧しいからというだけではなく、鋭い審美眼のもち主でもあることが、事を複雑にしているように思えた。夫人が戻って来て椅子に座り直した際に、私は彼女に感謝の気持ちを表しつつも、このように言った。描き手がモデルに求めるのは、動作ではなく静止立位姿勢時における制御能力であると。

「もちろん、私の妻はずっと静止姿勢を維持できますよ」と、モナーク少佐は言った。それから、おどけるような調子で言葉を付け加えた。「それはいつもしてきたこと。大丈夫！」

「私って、じっとしていられない、そんな厄介なタイプではないでしょ？」と、モナーク夫人は夫に食い下がった。

彼はその答えを私に向けた。「こんなことを申し上げても、およそこの場にそぐわない発言でもないでしょう。何事もビジネスライクに物事を進めた方がいいでしょう、いかがでしょうか？――実を申し上げますと、結婚した頃の妻は〈美しい彫像〉なんて周囲から羨ましがられたものです」

「まあ、あなたってば！」と、モナーク夫人はあらあらと言わんばかりの表情を浮かべて叫んだ。

「もちろん、表情豊かで魅力的な表現者であれば申し分ありませんね」と、私は答えた。

「それは、もちろんのことです！」と、二人は一緒に声高に言った。

「ご存じかも知れませんが、実際には疲れがたまることも多い仕事ですが」

「大丈夫、疲れるなんてことはありません」と、二人はまるで何かに駆り立てられたかのように、しきりに急いて叫んだ。

「それでは、これまでのご経験はおありでしょうか？」

二人はお互いためらいがちに無言で見つめ合った。「私ども、写真撮影の経験は随分あります」と、モナーク夫人は言った。

「つまり、人から撮影を依頼されたという意味ですが」と、少佐は付け加えた。

「それもそのはず、あなた方が容姿端麗だからでしょう」

「どのように思われたのかまで知りたくありませんが、よくそんな依頼を受けたものです」

「撮影した写真はいつもただでしたが」と、モナーク夫人がニコッと微笑した。

「こんなことなら、何枚かの写真を持ってくればよかったなぁ、お前さん」と、モナーク少佐は妻に言った。

「さぁ、どうでしょうか。もう一枚も残っていないんじゃないかしら。だって、ほとんど人様に差し上げてしまったんですもの」と、夫人は私にその事情を明らかにした。

「サインとともに、何かちょっとしたメッセージを添えて」と、少佐は言った。

「お店で、その写真を入手することができますか?」と、当たり障りのないお世辞のつもりで訊ねた。

「ええ、もちろん。以前は妻の写真は手に入れることができたものですが」

「でも、今は無理でしょうね」モナーク夫人はそう言うと床に視線を落とした。

第二章　視線

彼らはギフト用の記念写真に「ちょっとしたメッセージを添えた」というが、どんなことを書き添えたか容易に想像できた。無論、その筆跡は美しいに相違ない。彼らに纏わる一部始終を瞬時に、そして鮮明に捉えることができたとは、まことに奇妙なことだ。今は小銭くらしか稼げないほど貧困のどん底に陥ってしまっているが、これまでもそれほど生活にゆとりがあった訳ではないように思われる。生まれ持った優れた容姿を売り物にするなどして糊口《ここう》を凌ぐために、彼らに与えられた人生を謙虚に受け入れ、かつ陽気に歩んできたのだろう。二十年もの長きにわたって、片田舎に佇む高級仕様の大邸宅への客人となった賜物だろうか、深い知性を感じさせるような落ち着いた表情を浮かべていた。したがって、自然と語調も心地よい。爽やかな陽射しが差し込む応接室で、あちらこちらにさりげなく置かれた雑誌に目もくれず、ずっといつまでも座っているモナーク夫人の美しい佇まい、それと草露を含んだ灌木《かんぼく》の間をそぞろ歩きしている光景などは、そこはかとなく想像できそうだ。そのいずれの華麗な所作も人々の垂涎《すいぜん》を誘うだろう。少佐が茂みに隠れた野生の鳥獣を捕獲しようとしている凛々しい姿、あるいは小洒落た服を身に纏い、カフェあたりにみんなで集まって一日の収穫をめぐる話に花を咲かせている様子が脳裏に浮かんできた。また、ゲートルやレインコート、素晴らしいツイード生地の服や膝掛、そしてスポーツ用具や釣り道具一式、それからいつも手入れの行き届いている傘などが十分想像できた。また、身なりの整った使用人の表情を窺いつつも、田舎の駅のプラットフォームに置かれた手荷物の峻別も容易に可能だ。

チップの額はごくわずかだが、別に不満などない。不思議なことに、これといって何ができる訳でもないが、何故か歓迎される。彼らはどこにいても人目を惹きながら、その恰幅のいい体格、艶っぽい表情、そして見た目も綺麗で素晴らしい容姿が周囲にいる人たちを魅了してやまないのだ。二人はそのことを承知していたが、かといって調子に乗って愚劣な振る舞いを晒すようなことはしないし、自尊心を失うこともなく心穏やかである。彼らは上辺だけの対応を潔しとしない。むしろ事に臨んで徹底を図ることを旨としてその人生を歩んできたのだ。それが彼らの揺るぎない信念であった。先に触れたように、大邸宅へ足を運ぶことに執心するような人は、しかるべき信念を持たなければいけない。どこかぎこちない空気が漂う邸宅に招待されたとしても、その場を白けさせないくらいの技量は身に着けているだろう。果たして何が起きたかは知らないが、些事に拘泥すれば、少ない収入がさらに減少し、今となっては小遣い銭にも事欠くほどの生活に苦しんでいる。友人たちは彼らに好意を寄せていたが、だからといって生活支援まではしてくれない。彼らには確かに周囲から信頼を得られるような身なり、態度、人柄といったしかるべき属性が本質的に備わっていた。しかし、信頼という言葉を切り口にしたところで、彼らのポケットの中は大抵空っぽで、時々チャリンと少ない小銭が小さく鳴り響く程度である。その音が聞こえて初めて信用されるものだ。そこで、モナーク夫妻が私に求めたのは、紛れもなく騒がしく音を立てる硬貨なのだ。幸いなことに、二人には子供がいない。そのことは直感的にすぐにわかった。彼らはこの交渉事を秘密裡《り》に進めたい旨を希望していたようだ。その理由はこうである。あくまでも二人の容姿を描いて欲しいのであって、顔が対象になってしまったら正体が露わになってしまうからだ。

私はモナーク夫妻が好きである。とても素朴なところがいい。もし、彼らがその身に相応しく、モデルになってくれるというのなら異論はない。しかし、二人とも容姿端麗で非の打ち所のない完璧な人物だからといって、そう簡単に信用できるものではない。結局のところ、彼らは何も知らないずぶの素人である。ところが、私はこれまで素人への不信感をどうにも拭いきれずにいたのだ。さらに私にはいささか偏屈なところがあり、生来、ほんものよりも表現されたものを好む傾向がある。何かとほんものは表現不足に陥りがちである。それが欠点だ。私は物の外見の印象を尊ぶ。これほど明白な事実はないからだ。物事の本質を突くような深い問いかけなどは副次的な効果しか生まない。ほとんど無意味なことだと思っている。実はモナーク夫妻からの依頼を慎重に熟考する理由は他にもあった。その一つは、すでに二、三名のモデルの候補者を決めていたことである。一人はロンドンのキルバーン〔イギリスのロンドン北にある地名〕出身のアルパカ素材を身に纏った足の大きな若い女性だ。彼女はイラスト画のモデルとして二年前から私のところに頻繁に通って来ていた。気品があるとは言えないまでも、彼女に不満はなかった。私は夫妻にこうした事の次第をありのままに語ったが、彼らは想像を超える予防策を講じた上で、自分たちの願いを安易に覆さなかった。彼らはこの機会を逃すまいと、それなりの理論武装をしてやって来ていたのである。というのは、夫婦はクロード・リベットから文壇の先頭を走る稀代の流行作家による全集の豪華版の作製企画を聞きつけていたのだ。その作家とは、これまで長い間、多くの一般読者から顧みられてこなかったフィリップ・ヴィンセント（敢えてその名を告げるまでもないだろう）である。彼は晩年になると次第に文壇から高い評価と賛辞を得るようになり地歩を確立するという幸運に恵まれた。一般大衆としても、この事象を高く評価した。それはこれまでの贖罪を果たす意味もあったのではないか。件の全集は権威ある出版社による企画である。なるほど過去の罪滅ぼしとしては、これまた結構なことだ。その全集を飾る豪華な木版画は、イギリスの美術界がイギリス文壇を代表する最も傑出した甦《よみがえ》る孤高の文人に捧げる形になっていた。私はたまたまその全集に掲載されるイラスト画の一部を担当させていただくことになったのだが、どうやら少佐とその夫人は全集掲載の肖像画のモデルとして売り込むことができるかもしれないと思っていたようで、その取り計らいを希望する旨を私に告白してきた。彼らは全集『ラトランド・ラムゼイ』の第一巻のイラスト画を私が担当することを知っていたのだ。だけど、第一巻のイラストの出来栄えによって、残りの部分の仕事を任されるかどうかが決まるのである。その点を明確にさせておいた。もし手応えのない仕事になってしまえば版元から無慈悲な不採用を食らうだろうから、私としては生涯に一度あるかどうかの大事な節目の仕事だと認識していた。したがって、当然のことながら、それを成功裡に導くには特別な準備を整える必要がある。状況次第では、新たに最優秀と思われるモデルを捜し当てなければならないのだ。二、三人のモデルが採用される運びとなったら、彼女らにすべてを任せるつもりでいた。

「モデルを務めるとなれば、特別な衣装を着るのでしょう?」と、モナーク夫人はためらいがちに尋ねた。

「そうですね、モデルの仕事の半分が衣装の着せ替えですから」

「そうなると、何を着るべきか自分で衣装を用意することになりますか?」

「いいえ、私の方で豊富に衣装を揃えてありますのでご心配なく。モデルになれば、衣装の選択は画家の指示に従ってもらいますので」

「じゃ、つまり衣装は等しく同じものを使用するということですか?」

「同じものとは?」

モナーク夫人は、再び夫の方に視線を向けた。

「つまり、衣装をモデルさんたちが共有することになりますかと、お聞きしたまでです」と、夫が説明を施した。私はまったくその通りですと答えた後に、さらにこんな風に付け加えた。そうした衣装の中には頑固な油染みが付いた前世紀の古いものもたくさんありますが、それらは百年前の男女が実際に纏っていた年代物ですと。「体に合う衣装であれば、身の程知らずのえり好みはしません」と、少佐は言った。

「その点は、私が采配を振るいますので大丈夫。肖像画にしてしまえば、どの衣装もフィットしたものに落ち着きますよ」

「私個人は現代ものの場面にバッチリ合うんじゃないかと愚考しますが。もしよろしかったら、あなた様のお気に入りの衣装を選んでまいりますわよ」と、モナーク夫人が言った。

「私の妻は結構、衣装持ちなんですよ。それで今風の趣が漂うものが合うのだと思っているのですが」と、彼女の夫が言葉を添えた。

「あなたがそのまま自然体で描かれる場面が想像できます」。事実として、私は新鮮みが希薄なプロットを無造作に構築したような小説——もっとも苛立ちが募るあまり本文を読まずにイラスト画を描こうとしたのだが——の寂然として無為の境地に佇む夫人の姿を頭の中で容易に描くことができた。さて本題に戻ると、この種の単調で地道な繰り返しに関わる仕事をこなすためには、すでにそれに相応しいモデルが決定していて、今のところまったく不足してない。

「ただ、私どもは作中のどなたかのキャラクターに相応しいのではないかと思ったに過ぎないんです」と、モナーク夫人は腰を上げながら穏やかな口調で言った。

夫の少佐も立ち上がった。そして、物悲しい視線を私に投げかけながらそこにじっと立ち尽くした。果たして気風のいい男がそんな表情を露わにするものなのか、どこか万感胸に迫るものがあった。「たまには趣向を変えてみてはいかがですか？　つまり――」と、彼はいささか逡巡《しゅんじゅん》気味に言った。どうやらこちらの意図を汲んでもらい、言葉を挟んで助け舟を出して欲しいような様子だった。しかし、私にはできなかった。――なんのことやら事情がよく呑み込めなかったからだ。すると、物言いはぎこちなかったが少佐はこんな調子で口を開いた。「つまり、正真正銘の紳士淑女をモデルとしてお使いになったらどうでしょうか？」。私はとりあえず同意を示して、その言い分にも一理あると申し添えた。モナーク少佐はそれに鼓舞されたのか、自然と内側から湧き上がってくる感情を押さえつつも懇願し続けた。「いたたまれないほど辛い気持ちになっています。やれることはすべてやりましたが現実は厳しい」。一種の情動伝染が起こった。その証拠に早速、夫人にその現象が現れたのだ。彼女は時を移さず、再び平らな長椅子に腰を下ろすと、突然泣き出した。すると、夫は彼女の傍に座るなり、その手を握りしめてあげた。そして素早く、彼女はもう一方の手で涙を拭った。私を見つめる彼女の眼差しに、思わず目をそむけたくなった。「私は気になるところには手あたり次第応募しました。そして、嬉しい知らせを祈りながら待ちました。でも結果は不採用。最初のうちは、何をやってもうまくいかない。それはご想像できるでしょう。秘書、もしくはその類いの仕事ですか？　それは貴族の称号でも所望するようなもので、雇用の見込みが現実的なものではありません。私はどんなことでも全力で取り組みます。——幸い身体は頑強ですので、電報配達人でも石炭運びでも何でもできます。金モールで飾られたキャップを被って、紳士洋服店のドアボーイの仕事だって厭《いと》いませんし、駅内でスーツケースを運ぶ軽作業の求人だって歓迎しますよ。たとえポストマンだって構いません。でも、いずれも門前払い。事実、先方はあなたのような方なら他にもたくさんいると言って憚《はばか》らないのです。かつてはワインを嗜《たしな》み、狩猟を楽しんだ人士が今は落ちぶれた物乞いまでに成り下がってしまったという訳です！」

　私はできる限り癒しの言葉を届けた。間もなくすると、二人はまた長椅子から立ち上がった。そこで試みに、一時間という条件のもとでやってみようと、お互いに合意した。さっそく本題に移った頃に、突然ドアが開いてミス・チャームが濡れた傘を携えて入って来た。彼女はロンドンのメイダ・ヴェール[001]まで乗合馬車を利用し、それからここまで半マイルの道のりを歩いて来たのだ。身なりが崩れて少しばかり乱れた様子で、しかも路面の雨水が跳ね返って服が濡れていた。彼女を眺めていると、いつも感慨深く思うのだが、決して他者を凌駕するような比類なき存在感を放つ訳でもないし、どこにでもいそうな平凡な女性なのに仕事になるとモデルに求められるしかるべきスキルを発揮するから、今さらながら不思議に思えてならない。彼女はあくまでも社会的に下層に置かれた小柄な女に過ぎないのだ。だが、いざポーズをとれば小説に登場する艶のある主人公の役まで見事にこなせるから驚きだ。そばかす顔を晒した田舎娘にもかかわらず、貴婦人から羊飼いの小娘役まで幅広く演じることができる実力派なのだ。たまに澄んだ美しい声と長い髪を持つ女性を目の当たりにすることがあるが、それと同様に彼女はとんでもない多彩な才能の持ち主と言ってよいだろう。

ミス・チャームは文字を正しく綴ることができないし、酒好きでふだんはビールを嗜むけど、二、三の長所があることを申し添えておきたい。まず経験、要領、そして臨機応変に対応する豊かな感性に優れているし、何よりも芝居が大好きである。七人の姉妹がいて、話す時には、まずもってhなど一貫して発音しない。モナーク夫妻の目に最初に留まったのは、彼女の濡れた傘であった。二人は自分たちに濡れた傘の水滴がかからないとも限らないので、あからさまに表情をくもらせた。ちなみに、雨は二人が来てから降り出したのだ。

「もう全身がすっかりずぶ濡れだわよ。ぎゅうぎゅう詰めの馬車の中に押し込まれちゃったんだもの。どうせなら先生には駅の近くに住んでいて欲しかったわ」と、ミス・チャームはつい愚痴った。早速、準備に取り掛かってほしい旨を伝えると、彼女はいつもの着替え部屋に入っていった。しかし、アトリエを出る前に、彼女は今度の役柄は何かと聞いてきた。

「ほら、ロシアの王女様の役だよ、忘れちゃったかな?」と、私は答えた。「黄金の目をして黒いベルベットのドレスを着た美しい女性だよ。チープサイド誌の中の連載ものさ」

「何ですって？　黄金の目？」と、ミス・チャームは声を張り上げた。一方、私の傍にいたモナーク夫妻は彼女が部屋を後にする様子をしっかり目を凝らして見ていた。彼女は遅れて部屋に入って来た時には、あっという間に準備を整えてしまうので、私はわざとモナーク夫妻をしばらく引き留めて置いたのだ。その理由は彼女の身のこなし方を眺めながら、これからやるべきことの何かヒントを得て欲しかったからである。彼女が優れたモデルのセンスを持っていると、私は敢えて言った。事実、彼女はとても賢い女性なのだ。

「あなたは彼女がロシアの王女の華麗な姿に相応しいとお思いですか？」と、モナーク少佐は驚きを隠し切れずに言った。

「もちろん。私が描くのですから当然です」

「ああ、あなたが描いた場合の話ですね！」彼は辛辣な言葉を返してきた。

「まぁ、せいぜいその程度は我慢しなくてはね。そりゃ上を見ればキリがありませんから」

「なるほど。でも、ここに貴婦人がいますよ」と、説得を促すような笑みを添えながら、少佐は腕を絡ませて妻に寄り添った。

「あれあれ、私はロシアの王女なんかではありませんよ」と、モナーク夫人は少し冷淡気味に対応した。どうやら、彼女はこれまでに幾人かのロシアの王女と面識があったけど、どうにも好意的な感情を抱くことができなかったんじゃないかと、私は想像した。その瞬間、ミス・チャームならば、そんな面倒なことに悩まされずに済むだろうなぁと、私はしみじみと思った。

ミス・チャームは黒いベルベットのドレスを纏って戻って来た。そのドレスは色彩の薄れたもので、なにしろ彼女はなで肩体型ということもあり、少し肩からずれ落ちていた。また、赤みを帯びた手には日本製の扇子が握られている。彼女は誰の頭越しに先を眺めているイメージを喚起すればよいのかと、ポーズの取り方に慎重になっていた。「そんなことは忘れちまったよ。とにかく誰でもいいし、そう大事なことじゃない。あれこれと小理屈を並べずに、ただ頭越しを先の方を見ればいいんだよ」と、私は言った。

「そうですか。じゃ、ストーブ越しに眺めましょう」と、ミス・チャームが言った。それから彼女は暖炉の傍に立ってポーズを取り、泰然とした態度で前方を見据えた。頭を後ろに軽く反らし、扇子の先を前に垂らした。多少のひいき目もあるかもしれないが、彼女はモデルとして傑出しているし、私には何よりも魅力的に映る。外国人風情を色濃く漂わせて、どこか危険な匂いを放つ女性なのだ。私は彼女をそのままにして、モナーク夫妻と一緒に階段を降りた。

「あの程度なら私にだってできそうな気がします」と、モナーク夫人がぽろっと漏らした。

「もしかして、彼女に対して垢《あか》抜けない印象をもたれたのではないでしょうか。しかし、芸術に潜む魔力のようなものを推し量らなければなりません」

でも、彼らは自分たちがほんものであるという優位性を明らかにし、打ち寄せる安心感に浸りながらその場を後にした。きっと今頃は、ミス・チャームの所作をめぐって不快感を露わにして四肢を震わせながら語り合っているに相違ない。彼らの要望について詳しい説明を施すと、彼女はひどく滑稽な振る舞いをして応えた。

「へぇ、そうなの。もし彼女がモデルらしいポーズを決めることができるなら、私は経理でも担当させていただくわ」と、ミス・チャームは揶揄した。

「でも、あの夫人って、貴婦人のような小粋な佇まいが美しくないだろうか」と、私は自分の感情を押し殺しつつ皮肉った。

「そんなことしたら窮地に追い込まれちゃいますよ。だって、あの方、それなりのポーズがとれますか？　たぶんできないでしょ」

「華やかな上流社会が舞台の小説なら、結構、使い道があるんじゃないかな」

「ああ、その類いなら結構かもしれないわね！」ミス・チャームは冗談っぽく軽くたしなめるような言い方をした。「それにしても、彼女をわざわざモデルとして使うかしら」。もっとも事あるごとに、私はその種の小説を非難するものだから、彼女もそのような対応になったのだろう。

第三章　躊躇

先述したような類いの小説のミステリアスの側面に光を当てる狙いもあり、私はモナーク夫人を初めてモデルとして使ってみた。何かお手伝いできることがあればということで、夫のモナーク少佐も同席した。どうやら少佐は妻と一緒に来たかったのだろう。その本心は見え透いていた。それくらいの所作は節度をわきまえた範囲のことだと思って、むしろ妬みややっかみに乗じて、いらぬお節介をするのではないか。私は最初、そう勘繰った。そんなことを考えるとすっかり嫌気がさして落ち込んでしまったので、もしそのような事情であったならば、この話にはもう見切りをつけてもいただろうと思った。しかし、間もなくしてわかったことだが、そんな悪気らしいものなど微塵もなく、夫婦同伴だった理由は自分にもお声がかかるかもしれないという期待感を抱いたことも一つだが、ただ暇で他に何もやることがなかったからである。つまり、妻がいなければやることがないのだ。だから、二人はいつも一緒なのである。二人を取り巻く生活環境が厳しくなってからは、夫婦間の緊密な連帯が不可欠で、しかもそれが大きな癒しの糧となっていたのだろうと私には思えて仕方なかった。結婚のあり方は本来ならそうあるべきだろう。結婚を躊躇する人たちにとっては大きな励ましになるだろうが、悲観主義者にとってはさぞかし厄介な存在である。彼らの住居は庶民的な暮らしをしている地域にある。後から思えば、この点が本来のモデル業に相応しいかったかもしれない。そもそも夫人に同伴できなければ、少佐は侘しい部屋の中でひとりぽっちで時を過ごす羽目になるのだ。彼はそんな部屋でも妻と一緒なら辛抱できるが、一人では到底我慢できそうもないのである。

　少佐は万事において配慮に長けた人物なので、用もないのにいちいち口出しするような無粋な真似などしない。だから、私が仕事に打ち込んでいる時には、ただじっと我慢として待機していた。しかし、私は仕事の邪魔にならない限り、その場の雰囲気を和ませる程度の話は許した。その方が気分よく筆が動くからだ。彼の話すことに耳を傾けていると、仕事をしながら外界の楽しく熱気に満ちあふれた雰囲気を味わうことができて安上がりなのだ。唯一難を言えば、この夫婦の知人を私が誰一人として知らないことである。無論、彼らにしても、お互いの語らいを通して、私がどのような人脈を構築しているのか皆目見当もつかなかったであろう。結局そんな訳で、ちぐはぐでつかみどころがない話に終始してしまい、どうにもかみ合わずスムーズに運ばないのだ。そんな状況に陥ってしまうと、話題は自ずと限定的な事柄に収斂してしまう。たとえば、革とか酒の話とか、すなわち、馬具製造人やニッカーボッカー製造者、あるいはクラレット[002]をいかに安く入手するか。時として、話題は「利便性の高い列車」や小鳥の行動と習性にまで及ぶ。なにしろ、後者の知識の素晴らしさは驚嘆に値するとあって、晴れて駅長や鳥類学者の仲間入りを果たしたとしてもまったく不思議ではない。少佐は高尚で知的な話題が雰囲気的にぎくしゃくすると、幾らでも身近な話に移行して快く対応できるほどの度量の深い人物である。彼は上流社会での思い出話を語ったところで仕方ないとわかると、明らかに大して苦労もせずに私の関心のある下世話なレベルにまで下げてくれることも厭わない。

相手を情け容赦なく叩きのめすことができそうな頑強な男が、こんなにも熱心に私のご機嫌をとろうとしている姿に胸が詰まる思いがした。彼は暖炉の方に視線を注ぐと、こちらから尋ねた覚えもないのにストーブ内の燃焼用空気の通風調整器についての私見を露わにした。どうやら室内の家具等の不具合な配置状況についても一言申し添えようとしていたようだ。もし私が金持ちだったら、あなたに給料を支払ってでも生活のあり様について相談に乗っていただきたいものだと、口走ったことを記憶している。彼は時々ふと溜息をつくことがあったが、その真意は「こんなバラック小屋みたいな家でも、自分に管理を任せてもらえれば、それなりに見栄えがする雰囲気にしてみせる！」といったところか。少佐にモデルの依頼をしたところ、彼は一人でやって来たのである。それは女性の辛抱強さを物語る一つの事象でもあろう。彼の妻であるモナーク夫人は、階上で一人待つ寂しさに我慢できたのだ。大体において、彼女は夫より遠慮がちな感じがした。どんな些細《ささい》なことでも控えめで慎み深い態度で対応することに心掛けていたし、仕事以外では節度を持って行動することが望ましいと考えていた節がある。すなわち、彼女も少佐もここで雇用されているに過ぎなく、決して相互の関係を深めることを要求されている訳ではない。夫人はそのように基本的なスタンスを詳らかにしておきたかったのだ。したがって、相応のお付き合いは適さないと言いたかったのである。

彼女は全身全霊を傾けて誠実にモデルの役を務めてくれた。一時間もの間、まるで写真家のレンズの前の被写体のように身動き一つせずに立ち竦《すく》んでいた。これまで幾度も被写体モデルとして撮影された経験があることは承知していたが、かえってその慣れが私の邪魔をした。最初、私は彼女の貴婦人のような洗練された所作に魅了された。そして、四肢を描く上でも文句なく素晴らしいラインを走らせることができたことに満足感を覚えたものだ。ところが、描く回数を重ねるうちに、私は彼女に対して、ともすれば融通が利かないほどの堅くるしさを感じてしまい辟易し始めた。つまり、自分が描いたデッサンが写真か、さもなければその複写のような代物に思えてしまったのである。彼女は多様性に乏しいし、表情に動きが少ない。また彼女自身、そもそも多様性を尊ぶというセンスが希薄である。人はこんなことを言うかも知れない。それを促すのが私の仕事で、その采配は私に委ねられているではないかと。私はできる限り様々な視点やポーズに合わせようとしてみたが、やはり困難を極めた。その気品ある容姿は、まさに貴婦人そのもの。だが、いつもその貴婦人然としたままなのだ。彼女はなるほど確かにほんものであるが、所詮、同じ風情を醸した人物なのだ。それでも平然と自信ありげに自分がほんものであることをひけらかせる姿に、私は一瞬苛立ちを覚えたこともある。あたかも二人がほんものである利点を生かせることは、描き手にとって幸運だろうと示唆しているようだ。したがって、私はもはや夫人に対して動きの多様性を求めることを断念し、彼女により近い人物像を見つけ出そうと発想を変えた。もっともミス・チャームなら難なくこなせる仕事だろうが。すると、どんなに配慮してもカンバスに描かれるのは背の高過ぎる女性になってしまうのだ。本来、魅力的な女性を七フィート〈約二一三メートル〉の大柄な女に描いてしまうというジレンマに苛《さいな》まれてしまう。つまり、私自身が小柄であることも影響しているのか、高身長の女性は魅力的だという概念からほど遠い存在だと思っているからだ。

少佐の場合には、さらに難易度が高くなる。どんなに創意工夫を凝らして努力を重ねたところで、少佐を小柄な男ではなく、どうしも屈強な大男として描くしか術がないのである。私は多様性と適応性を好み、人に纏わる偶有性や固有の特性に重きを置く人間である。私は微に入り細に入りその特徴を描写したいと思うので、一つのタイプにがんじがらめになってしまう危険を是非とも避けたいと考える。その件で以前にも友人たちと口論になったことがある。それが美しい存在でありさえすれば、ラファエルやレオナルドの例を持ち出すまでもなく、それなりの根拠となり得るものがあるのだろうと言い張る仲の良かった連中と、とうとう疎遠になってしまった。私はレオナルドやラファエルでもない。私などは画家としてもちょっぴり小生意気な今風の若造に過ぎない。件のお方が特異なタイプであっても、その個性は容易に見極められるであろうと論戦相手が語気を荒げるものだから、私はつい言葉の上辺だけで「じゃ、一体誰の個性なんだ?」と応戦した。誰もが同じような個性を有するならば、それは無個性を意味するんじゃないだろうか。

モナーク夫人を幾度も描いていると、こんなことに気づいた。あのミス・チャームのようなモデルの優れた持ち味は、特定のタイプへの収斂《しゅうれん》がないことだろうと。もちろん、その他の事実としては、彼女には名状し難い奇妙な模倣の才能が綯《な》い交ぜになっている点が挙げられるが。彼女は見た目カーテンのようにふんわりと揺れている存在で、いざお声がかかれば、カーテンを引いて素晴らしいパフォーマンスを繰り広げる。そのパフォーマンスは単に示唆に富んだものに過ぎないが、賢者への一言を秘めた生き生きと精彩を放つものだ。彼女は楚々とした感じの女性だが、時としてありきたりで陳腐な美しさに留まることある。描き手によっては、あなたは単調で味気ない優美さをさらけ出しているに過ぎないと非難めいた愚痴を私は零したことがある。愚かにも、とはよく言ったものだ。その言葉に彼女は怒り心頭になった。双方ともに共通点に乏しい間柄におけるモデルを演じることが彼女の矜持であった。だから、そのような発言は一瞬で周囲からの評判を落としてしまうではないかと、彼女は私に食ってかかったことがある。

モナーク夫妻の頻回にわたる来訪がもたらす影響によって、確かにミス・チャームの評判は低落の一途を辿った。そもそもミス・チャームは引く手数多の売れっ子なので、暇をもてあそぶことはない。だから、たまに彼女をモデルに使わなくても気が咎めることなく、その分、新たなモデルを試しに使うことができた。当初は、ほんものをカンパスに描くことは愉快であった。たとえ少佐が穿いているズボンであっても描き甲斐がある。少佐が大柄な男になってしまっても、ズボンは紛れもなくほんものなのだ。夫人の寸分の狂いもなくきちんと美しく結い上げた後ろ髪や特徴的に硬く張りつめた優雅なガードル姿を描くのは楽しかった。やや顔をそむけた横向きのポーズが彼女の持ち味だ。絵画的には、貴婦人然たる後ろ髪姿や見え隠れする横顔が彼女の美貌を特徴づけていた。背筋を伸ばして直立不動の姿勢でポーズをとる時には、当然の如く宮廷画家が描く女王や王女の雅な佇まいを貫く。私はこうした彼女の特異な魅力を引き出すために、チープサイド誌の編集者に頼み込んで『バッキンガム宮殿の物語』と題して王室物語を編んでみてはどうだろうかと考えたほどだ。しかし時によって、ほんものとにせものが妙な邂逅を果たしたことがあった。すなわち、献身的な姿勢で仕事に取り組んでいる最中に、ミス・チャームが業務契約の遂行のために顔を出することがあった。厄介なことに、そんな折にあの忌々しいモデルの競争相手と遭遇してしまったのだ。そうした不意な邂逅といっても、この夫妻にしてみればミス・チャームはメイドのような存在に思われたのである。だからといって、いかにも偉ぶった大きな態度をとっている訳ではなく、まだプロ意識を発揮して親和的な付き合いができないまでの話である。どうやら、私にはお互いに和気あいあいとした雰囲気を醸しかったように思われる。少なくとも少佐には、その気持ちがあったようだ。乗合馬車が話題に上る訳でもない。なにしろ夫婦はいつも歩いて来るのだから両者にはまったく共通性がないのだ。一方で、ミス・チャームは利便性の高い列車や格安のクラレットには興味を示さないので、これでは、さすがにお手上げである。もうこうなったら他にどんな話題を求めてよいのやら。しかも、たかが素人モデルの分際で尊大に振る舞うんじゃないわよ、と彼女が心の内で揶揄していることくらい薄々気づいていたに相違ない。彼女はいつの機会でも遠慮せずに、懐疑的な態度を露わにするタイプの女性である。一方において、モナーク夫人は、彼女のことを何事にもルーズな女だと思っていたようだ。立場をわきまえない不見識な女って嫌だわ。そんなことは私に取り立てて言う必要などないのだが、それは遠回しにそれとなく誰かのことに言及しているのではないだろうか？

ある日のこと。ミス・チャームがたまたまモナーク夫妻と一緒になったことがある。――彼女はちょっと雑談しようと立ち寄ったまでだった――そんな折に、私はさりげなく彼女にお茶を淹《い》れてくれないか、と頼んだ。彼女は一つの作法とわきまえてか、いかにも慣れた手つきでお茶を淹れてくれた。私は仕事を細々とやっていることもあり、そのようなことを自分のモデルたちに頼むこともしばしばある。彼女たちは私の大事な食器類に手を触れることを好む。そんな折にはポーズを取るのをやめてサービスを施してくれる。ときには陶器を壊すこともあるが。それはボヘミアンな気分を味わう機会にもなるからだ。その後、ミス・チャームに会ったら、彼女が件のことについて、いきなり声高に不平を口にしたので驚いた。あのようにお茶の用意などさせて、私に恥をかかせたかったのかと執拗に責め立ててたのだ。それにしても、あの時は機嫌を損ねることもなく、労をいとわずかいがいしく立ち働いていたのだが。しかも、もの憂い気分で静かに座っていたモナーク夫人に、どれくらいの量のクリームと砂糖を入れるかどうか尋ねながら、わざとらしい素振りを見せつけて興じていた。自分もほんものの上流階級の女性に思われようと、せっせと柔らかい言葉遣いを心がけていたじゃないか。仕舞には、モナーク夫妻が、そのことに気づいて腹立たしく思うのではないかと冷や冷やしたものだ。

彼らは決して怒りの感情をたかぶらせまいと心に決めていたようだ。その見るに忍びないほどの辛抱強さには、どうにかして自分たちの願いを叶えて欲しい旨の葛藤が窺えた。私がモデルとして彼らを使う気になるまで、いつまでも文句も言わずに心待ちしていたのだ。彼らはもしかするとモデルに使ってもらえるのかもしれないと、微かな期待を胸に抱いてやって来るが、もし都合が合わなければ、陽気な素振りでその場を後にする。私は二人が威厳に満ちた凛々しい態度で引き揚げていく様子を目に焼き付けながら玄関先までよく見送ったものだ。私は彼らが雇われて働ける場所を見つけてあげようと思い、幾人かの画家仲間に紹介状を差し出したが、その反応はお寒い限り。なるほど、私にもその理由がわからぬことでもない。そのような思わしくない状況に陥ると、彼らはますます私を心の拠り所にするようになった。その分、こっちは精神的な疲れが溜まるばかりである。モナーク夫妻は自分たちをモデルの世界へと誘って演出してくれるのは、私の他に誰もいないと思っているようだ。それはとても光栄なことだが。彼らは肖像画家にとって、それほど魅力あふれる存在ではないし、かといって当時はペン画をやっている斯界の芸術家の数となれば、それはあまりにも限定的だった。それに、彼らは有意義な仕事を任せてもらえるよう目論み、秘かに自分たちこそがそうした企画のモデルに本質的に向いているものと思い込んでいた。その仕事には衣装考証とか、昔の派手な衣装道具もいらない。だから、すべてにおいて現代風の様々な事象を風刺したエレガントなものになるだろうと踏んでいたのだ。もし、私がこの仕事に二人を使うことを決めれば、これから先の彼らの生活環境は明るいものになるだろう。つまり、長い期間にわたって安定した雇用の確保ができるからである。

ある日のこと。モナーク夫人がやって来たが、夫を同伴していなかった。夫人の説明によると、夫の少佐は街に出る用事があるから一緒に来れないらしい。彼女は相変わらず動きがぎこちなく、どこか落ち着かないポーズをとっていた。その時だった。ドアをノックする音がしたのだ。その客人はそれとなくモデルの仕事の口を求めて来たのだろうと私は直感的にわかった。察しの通り、その人物は一見して外国人と思しき一人の青年だった。英語に不慣れのイタリア人だったが、どうやら私の名前を言うのは難しくなかったようだ。ただし、自分ではなく他人の名前を発しているようにも聞こえた。当時、まだイタリアを訪れたこともなかったせいか、私はイタリア語を巧みに話すことができなかった。イタリア人は概してそうだけど、彼は私に自分の意志を伝えようとして、見よう見まねの振る舞いで自分の前にいる夫人のような仕事にめぐり合いたいものだと、その思いを露わにした。それは妙に愛想を振りまくような態度であったが品性を欠くものではない。私は最初、心を打つものが何もなかったこともあり、青年の要望に添いかねる旨の返答は、いささか荒っぽい調子になってしまった。それで彼はあっさり身を引くような素振りを見せる訳でもなかったが、かといって片意地を張って自分の思いを執拗に通そうとすることもない。その目には何も言わない忠実な犬のような真摯《しんし》な趣が漂っていた。邸宅の主人に長く仕える誠実な従僕が、あらぬ疑いをかけられたことに対して無垢の抵抗を厚かましくしているかのような風情が醸された。その佇まいと表情を凝視しているうちに、素晴らしい考えが私にふと浮かんだ。こいつは絵になるぞと。そこで、私は仕事が一段落して手が空くまで、そこに座って待っていてくれ、と言った。その言葉を受けての彼の一挙一動がまた絵になる。さらに、私は仕事中にこんな事にも気づいた。つまり、天井の高いアトリエをきょろきょろ珍しそうに見回すその姿も実に堂に入っているのだ。あたかも聖ペトロ寺院で十字を切っているような様子だった。私は仕事を終えるまでに、「この男は生活に困窮したみかん売りだが、むしろそれが被写体としては至宝的な存在なのだ」と、思うようになった。

モナーク夫人が部屋を出て行くと、彼はまるで疾風のように部屋を横切り、彼女のために素早くドアを開けてそこに酔いしれたような雰囲気を醸して佇んだ。その様子はちょうどベアトリーチェに羨望の視線を寄せるダンテのようであった。こういった場合、イギリス国内の伝統的な召使は無表情を貫くものだが、私はそれを潔しとは思わない。どうやら、彼は召使としても通用しそうだ。実は、かねがね召使を雇おうと思っていたのだが、その余裕がなかったままでだ。そんな訳で、私はこの快活なイタリア人青年を召使とモデルの二役を務めてもらうことが条件で雇うことにしたのである。彼は私の申し出に飛びついた。このイタリア人青年の身辺調査もせずに決めたことは軽率な行為だったかもしれないが、私は後悔はしていない。いざ雇ってみると、彼は少しばかり大雑把で投げやりな気味があるものの、概して共感を呼ぶ人物であることがわかった。ポーズをとるタイミングとその勘どころは驚くほど卓越していたが、それは修練の賜物ではなく、いわゆる生来のセンスみたいなものだろう。その直感的なセンスを頼りに、彼は私の玄関に張り付けてあった表札を読み解き、今ここにいるのである。彼は誰かの紹介状を携えていた訳でもなく、ただ外の高い北窓の形からして、これはアトリエに相違ないと思ったのであろう。そうだとしたら、そこには当然、画家が住んでいるものだと踏んだのである。このイタリア人青年は一儲けしようという魂胆を抱いて他の移動労働者と同様にイギリスまでやって来たのだ。そして、相棒と一緒に小さなグリーン色の手押しカートを使ってペニーアイスクリームの販売に乗り出したという次第だ。ところが、散々なことにアイスクリームは溶けてしまうし、相棒もいつの間にか姿を消してしまっていた。青年は赤みを帯びた黄色いスリムパンツを履いていて、名前をオロンテといった。その表情は悄然としていたが、肌色は色白の明るさを放っている。私の古着を纏わせると、いっちょう前のイギリス人風情だ。その場で臨機応変に対応できる能力に長け、イタリア人にもなれる。ミス・チャームと同様にモデル業に相応しい人物である。

第四章　愛想

モナーク夫人は、夫を同伴してまたやって来た。イタリア人青年のオロンテがここに住みついているという情報に接すると、少しばかり表情をこわばらせたように思えた。それにしても、そこら辺を放浪しているような物乞い風情の若者が、仮にも偉大なる少佐の競争相手とは、彼女の目にはそれが驚きに映ったのだ。最初にその危険な匂いを嗅ぎつけたのは夫人であった。というのは、少佐は相変わらずどこか気が抜けたようで、ぼんやり立ちすくんでいたからだ。オロンテは未経験にもかかわらず、ずいぶんと難儀しながらも私たちにどうにかお茶のサービスを施してくれた。とうとう召使を雇うようになったんだな、とその様子を見届けたモナーク夫人は安堵したに違いない。私にはそんな風に思えた。私が彼をモデルとして描いた絵を幾枚か見せたら、モナーク夫人はそれを見て、この青年がモデルとは想像もつかないと、ぽつりと漏らした。「私たちをモデルにした場合には、間違いなくその実像を描くことができるでしょうよ」と、彼女は言って誇らしげに笑みを漏らした。本当はそこなんですよ、あなた方の欠点は、と私は言いたくもなった。モナーク夫妻を描く時には、どういう理由かは知らないが、彼らから離れられないのだ。つまり、自分が描こうとしているイメージを表現し難いのである。描く絵の中の人物が誰であるか察しがつくようなことは最も好まない。ミス・チャームに限っては、そうではない。ところが、モナーク夫人の主張はこうだ。ミス・チャームは品性を欠く人物なので、私が彼女を絵の中で自ずと隠してしまうのではないかと。なるほど、それもごもっともなこと。もしも、ミス・チャームが絵の中で隠れてしまっているとなれば、それは天国に召された死者の姿と同様で、むしろ描き手にとっては都合がよい。

　この頃までに、私は企画された全集『ラトランド・ラムゼイ』の第一巻のイラスト画を描き始めていた。その採用を求めるべく、すでに数十枚ほどのイラストを描き終えており、その中の数枚はモナーク夫妻をモデルにしたものだ。すでに申し上げたように、出版契約上、最初の一巻は特例として私のイラスト画ですべてをカバーする運びだが、残りの巻に関しては未だに不確定要素が残っている。包み隠さず打ち明ければ、ほんものが傍にいてくれるだけで心強い。そんな僥倖《ぎょうこう》にめぐり会う瞬間があるものだ。『ラトランド・ラムゼイ』には、モナーク夫妻に実によく似た人物が登場しているからだ。紳士然とした佇まいの人物は少佐に似ているし、身のこなしの美しい女性は夫人と比べても見劣りしないと思う。それに郊外での別荘生活に纏わる情景もふんだんに描写されている。ただし、空想的に、風刺的に、そして馴染み深い軽妙な筆致を旨としたものである。しかも、ニッカーボッカーやキルトスカートを穿いた人物たちもたくさん登場する。ところで、イラスト画の制作に着手する前に、幾つか決めておかなければならないことがあった。たとえば主人公の正確な風貌はどのようなものか、あるいはヒロインの特異な美しい人間像とか。無論、著者がそのようなことは適切に導いてくれているものの、描き手としての解釈の余地はまだ残されていた。だから、私はモナーク夫妻にその事情を率直に打ち明けて、相談に乗ってもらった次第だ。そして、私はいろんな選択を迫られて迷いを感じていると告げた。すると、夫人は少佐の方に顔を向けて優しく呟いた。「お決めになるのなら主人がいいですよ」。一方、彼女の夫である少佐も、「果たして、私の妻をおいて他に適当な人がいますか?」と、強い口調で問いただした。もうこの頃は、両者間で何でもずけずけと物を言えるような信頼関係が構築されていた。

いずれにしても、これらのコメントに応える義務はない。ただ彼らにはポーズをとってもらうことだけだ。私はいささか不安を感じていたので、臆病風に吹かれてしまい、結局、結論を先延ばしにしてしまった。その本は大冊ということもあり、他に登場する人物の数も多かった。まず男女の主人公とは直接関係ないエピソードに纏わるイラスト画を幾つか製作するところから始めた。物語の主人公の相貌を一度決めてしまったら、途中で別の様相に変更する訳にはいかない。ある場面で描いた七フィート〔約二一三メートル〕の身長の青年主人公を、別の場面では五フィート九インチ〔約一七五センチメートル〕の人物として描くことはできないのだ。小説の全体的な展開を考慮すれば、むしろ主人公の背の高さは後者に決定した方が適当だろうと思った。少佐はかつて実際の年齢より若く見えると言い張っていたけれど。少佐の相貌だけ取り入れて、その年齢を察知することは難しいように工夫したらどうか。それは決して珍しいことではないだろう。のびのびした自由な心を持つオロンテ青年が、ここに来てから一か月が過ぎた。彼は生来的に華美な性格ゆえに、私は事あるごとに彼とのモデル契約をさらに維持するに困難な壁に突き当たることもある旨を伝えていた。そんな折、私はふと彼を主人公のモデルに使えるかもしれないと思った。彼の背丈はわずか五フィート七インチ〔約一七〇センチメートル〕。だけど、足りない部分は彼の内に秘められているのである。そこで秘かに幾度かトライしてみた。というのは、モナーク夫妻が私の決断に対してどのような反応を示すか幾分気になったからだ。なにしろ、彼らはミス・チャームのモデル採用についても惑わされた結果だとして不平を漏らしているのだ。今度は実物とは程遠いイメージのイタリア生まれの大道商人をモデルに使うのか。およそ名門パブリック・スクール出身の主人公など描けないだろうと、モナーク夫妻は思うのではないか？

彼らの反応が幾分気になると言ったが、それは二人が私に悪態をついたり、平然と図太く構えて、ふてぶてしく振る舞うからではない。彼らは礼儀知らずの不作法な夫婦ではなく、むしろ私などはその身に余る厚情に痛み入る次第だ。とにかく、不思議なほどぎこちない態度で私を執拗に頼るのである。それもあって、私はジャック・ホーリーが帰国したことに大きな喜びを感じたものだ。彼は常にいい相談相手だったからだ。彼は画家としては大したことがないが、批評家としては優秀で他の追随を許さない。彼は一年ほど、イギリスを離れて海外に渡り批評に関する新鮮な眼識を養った。どこの国だったか失念してしまったが。実を言えば、私は彼の審美眼を大いに恐れた。だが、旧知の仲ということもあり、また久しく会わなかったことも手伝って、虚無感が私の生活の中に忍び込んでいた。一年もの間、私は彼から鋭い攻撃を受けることがなかったのである。

なるほど、彼は確かに揺るぎない新鮮な審美眼を磨いて帰国した。だが、着ているものはというと、相変わらず古ぼけたベルベットの仕事着である。彼が私のアトリエに最初に来た晩、二人で夜遅くまでタバコを吹かしながら興じていた。この一年間、彼はまったく絵を描く仕事をしていなかった。ただし、良い物を見定める審美眼は持っている。だから、私のささやかな作品を見てもらうには絶好の機会だった。彼はしきりにチープサイド誌に掲載された私の作品を見たかったようなので、いざそれを見せてあげると失望してしまったようだ。彼はディヴァン〔背もたれのない平らな長椅子〕に腰を下ろし、私の最近の作品を眺めながら足を組んだ。すると、口元からタバコの煙と一緒に何か意味が込められたような溜息を二、三度ついた。そんな情景を目の当たりにすれば、それは私の作品に失望してしまった証左だろうと思わずにいられなかった。

「どうしたんだい？」と、私は訊いた。

「お前さんこそ、どうしたんだ？」

「いや、別に。煙に巻かれてしまったのさ」

「なるほど、そうか。まず何を描きたいのかわからないなぁ。しかも、この新しい気まぐれな絵画は一体何を表現しているんだ？」と言うなり、彼はあからさまに呆れたような表情を浮かべながら、それを私に向かって投げつけた。それはたまたまモナーク夫妻をモデルにしたものだった。私は敢えて、いい作品とは思わないのかと尋ねた。すると、彼はこんな風に答えた。それは私が目指した理想の到達点とは異なる酷い作品だと。私はこれには答えなかった。彼が何を言おうとしているのか正確に承知したかったからである。その絵の中に描かれた二人の人物の姿は巨大に見えたが、これは彼の意図とは異なると思う。まさかそれに異論を唱えているはずでもなかろう。私は以前に君からの称賛の言葉を頂いた時と同様な描き方をしたつもりだが、そのように言い返した。「ともかく、どこかに大きな瑕疵《かし》があるはずだよ。ちょっと待ってくれ。今それを見つけ出すから」と、彼は答えた。私は待った。その海外仕込みの優れた新鮮な審美眼は、そういう時にこそ役立てるものだろう？　しかし、結局、「わからない。こういうタイプのモデルは好みではないから」と述べるだけで、詳細を明らかにしなかった。いつも絵画制作の問題、イラストの線の使い方、そして不思議な明暗法以外には言及しない批評家としては、この発言は何か物足りなかった。

「さっき君に見せた絵の人物は美しいと思うんだが」

「いや、それは違うな！」

「新たなモデルを二人雇ってみたんだよ」

「それは了解しているが、それがよろしくないんだ」

「どうして、そんなにはっきりと言えるんだい？」

「それは自明の理だよ。その新しい連中がダメなんだ」

「つまり、私がダメということか。まぁ、私の裁量で何とでもなるから」

「こんな連中を相手にしていたんじゃ、話にもならん。誰なんだ？　彼らは」

私はこの二人について必要最小限の言及をした。それに対して、彼は「そんな連中なら、いっそのこと門の番人でもやらせたらどうだ」

「君はまだ彼らに会ってないだろう。とても素晴らしい夫婦なんだよ」と、私は幾分同情気味に反論した。

「まだ会ってない？　おいおい、さっき見せてくれた君の最近の作品は、その二人のおかげで台無しじゃないか。今さら会うまでもないさ」

「そんな難癖をつけるのは君ぐらいだよ。チープサイド誌の連中だって大喜びさ」

「じゃ言うけど、そんなんじゃ他の連中は大バカ野郎どもだ。その中でもチープサイドの奴らは最も愚劣な連中だぞ。いいかね、この期に及んで大衆に妙な幻想を抱くような振る舞いは止めなよ。とりわけ、出版社や編集者なんかにはその必要がない。君の作品はそんな愚鈍な連中のためのものではないだろう。君の成果はその作品をよくよく吟味してわかる連中のためじゃないか。君がイラスト画を製作する目的はそんな畜生どもためではなく、その真価がわかる人たちのためだろう。もし、自分の夢と未来に向かってまっすぐ進めないのなら、せめて私のために真っすぐ邁進してほしいものだ。君が最初から努力を払って歩んできた道はまんざら軽視などできない。何しろ素晴らしい価値が加味されていたのだから。だが、こんな陳腐な作品ではダメだ」。その後しばらくして、私が『ラトランド・ラムゼイ』について触れ、その全集の後半部の仕事も引き受ける可能性がある旨を伝えると、ジャック・ホーリーは「君は元のボートに戻るべきだ。そのままでは沈没するぞ」と、毅然とした態度で言った。これはまさに忠告であった。

私はその手厚い配慮に深く感じいったが、モナーク夫妻を無碍《むげ》に扱うようなことはできなかった。彼らにはたびたび辟易させられたが、ただそれだけの理由をあげて、あっさり解雇する訳にはいかない。何らかの形で役に立っているのに、腹立たしい感情を掻《か》き立てるという理由だけでは無理だ。今にして思えば、モナーク夫妻は少なからず私の生活に溶け込んでいたように思える。彼らはアトリエにやって来て、ほとんどの時間をそこで過ごしていたような気がする。いつも彼らは邪魔にならないように隅の方に置いてある古いベルベット生地で作られた長椅子に背中を凭せながら腰を下ろしている。その姿はあたかも宮廷の控えの間で辛抱強く待つ廷臣のような風情であった。また、厳冬の寒さから逃れるかのように、二人はその時期になるとアトリエに居座り続けた。私にはそう思えて仕方ない。

彼らの目を引くような新鮮みは、だんだんその輝きを失ってきていたし、もはや、彼らを慈しみの対象として感じない訳にはいかなくなっていた。ミス・チャームがやって来ると、モナーク夫妻は足早にその場を去って行った。『ラトランド・ラムゼイ』の制作が順調な進捗を見せるにつれて、ミス・チャームは頻繁に姿を見せるようになった。夫妻はこんなことを私にそれとなく打ち明けた。すなわち、あの娘をモデルにするのは本に登場する下層社会の人物を描くためでしょうねと。その件に関して、敢えて私からのコメントは差し控えさせてもらった。どうやら、彼らはアトリエにあった本の原稿に目を注いでいたようだったが、果たして気がつかなかったのか。実はそこに登場するのは上流社会に属す人物ばかりである。せっかく最も素晴らしい傑作集の原稿に目を落としながら、その内容把握が十分ではなかったのだろう。ジャック・ホーリーからの忠告にもかかわらず、私はときどき二人を一時間ずつモデルとして使っていた。もし解雇が必要になったとしても、すぐに解雇を言い渡すのではなく、この厳しい冬の時期が終わってからでもいいだろうと思ったからだ。ホーリーはモナーク夫妻と知己を得た。炉辺談話に興じたが、どうもおかしな夫婦だと思ったようだ。夫妻はホーリーが画家だとわかると、親しく接して自分たちがほんものだということを理解してもらおうと努めた。ところがホーリーの方は、広い部屋の向こう側にいる彼らを何マイルも離れた距離で眺めるかのように見つめていた。ホーリーにしてみれば、モナーク夫妻はイギリスの社会組織の中で最も忌み嫌う人士たちの範疇に入る。既成の因襲的な趣味を好み、しかもパテント・レザー類〔革の表面にエナメルを塗った革のこと〕を身に着けて、相手の話を遮り大声を張り上げるような行為に耽る輩などは、およそ画家のアトリエには不要だ。アトリエは芸術の見る目を養う場所である。上流社会の甘えを享受している連中を相手にしていては芸術など育たないだろう?

彼らと仕事を続けていく上でまず一番困ったことは、あのイタリア人青年のオロンテを『ラトランド・ラムゼイ』の主人公のモデルに採用したことを夫妻に戸惑いながらも知らせなければならないことだった。夫婦が言うには、召使を雇用するなら髭を生やした身元が保証できる人物にすればよいのに、何も怪しい外国人の浮浪者を家の中に入れることはないだろう。気まぐれもほどほどにとのこと。もっとも、その頃までに芸術家には変わり者が多いことを薄々承知していたようだ。私がオロンテをモデルとしても有能であると思っていることに、彼らが気づくには少々の時間を要した。彼がモデルとしてポーズをとっている様子は一度ならず目の当たりにしているはずだ。だが、彼らは街頭の手回しオルガン弾きのモデルだと頭から思い込んでいたようだ。こんな風に、夫婦の想定を超える事象は幾つもあったが、その一つが『ラトランド・ラムゼイ』の中に描写されているとても印象的な場面だ。それは使用人がちょっと顔を覗かせる大事な場面である。そこでモナーク少佐がその使用人としてポーズをとってもらえないものか、私はそう考えていたのである。しかし、私はこの提案を本人に申し出るのを先へとのばしていた。少佐にそれ相応の衣服を纏ってくれと頼むのも躊躇したし、それに似合う衣服を見つけ出すのも容易ではなかったからだ。冬の終わりのある日、私はみんなから何かと軽蔑の対象となっているオロンテをモデルとして仕事に取り組んでいた。私のことを真摯な人だと感じて満足げに思ったのか、彼の動きと働きぶりは実に小気味よかった。ちょうどその時だった。モナーク夫妻は訪問者を気取ったかのような雰囲気を醸して、くだらないことにまで機嫌よく愛想をふりまきながらアトリエに入って来た。それはいつものことだ。もはや笑みを零すような状況ではなくなっていたはずだが。教会へ行った帰りに、公園をぶらぶら逍遥している折に昼食を勧められてしまったような風情。実のところ、昼食はすでに済ませていたのだ。だが、彼らはお茶の時間までしつこく粘るのが常である。その時は仕事が佳境に入っていたので、その熱気が冷めてしまい、まごまごしていると日が暮れてしまうのも気になった。そんな状況なので、モデルのオロンテにお茶の用意をさせるのは心もとない。そんな訳で、私はモナーク夫人にお茶のサービスをお願いしたのである。その頼みに瞬時に反応してか、彼女の顔色が変わった。彼女は視線を一瞬、夫に注いだ。二人の間で何らの暗黙の意思の疎通が図られたのだ。しかし、その愚かな逡巡は次の瞬間に喪失した。彼の朗らかな一面を覗かせる賢い機転が場を収めたのだ。私は勝手に傷ついた彼らの自尊心を補うつもりなど毛頭なく、むしろ今の状況をよく分からせてやる良い機会であると思った。二人はその辺りを忙しく動き回り、カップやソーサーを取り出して、いそいそとお湯を沸かした。これではまるで私の召使に給仕をしてあげているような感覚に見舞われたようだ。さて、お茶の準備が整うと、私は「オロンテにも一杯、差上げてください。どうやら疲れているようですから」と言った。早速、モナーク夫人は彼が立っているところまで運ぶと、オロンテはまるでパーティの場にでもいるかのように、紳士然としてクラッシュハット（折りたためる帽子）を肘に挟んだ格好でそれを受け取った。

　モナーク夫人は神妙な表情を崩さず、しかも涙ぐましい努力を払ってまで私のためにそのようなサービスを施してくれたのだから、何かそれに見合う代償を払わなければならないと思った。彼女の顔を見るたびに、果たしてどんな償いを施したらよいものか、そんなことが脳裏を過った。彼らに阿《おもね》るばかりに道を誤ったまま、それを続けてはいけない。ああ、確かに彼らをモデルにした絵はひどい出来栄えだった。そのように酷評するのはジャック・ホーリーだけではなかった。私は『ラトランド・ラムゼイ』の挿絵として描いた多くのイラスト画を出版社に送付したが、そこからの評価はホーリーの指摘よりもキツイものだった。その芸術系顧問は制作された私の絵の大部分は、まったくの期待外れだと酷評を下した。その大半はモナーク夫妻をモデルとして描いた作品だった。私にどんな期待を寄せていたのか知る由もないが、この分だとどうやらそれ以後の仕事は続けさせてもらえそうもないと思った。もはや、ミス・チャームを一心になって頼るしか術がないという現状にある。だから、彼女をいろんなパターンのモデルとして大いに活用した。それから、オロンテを公然と躊躇することなく小説の主人公のモデルとして採用した。ある日の朝、少佐がチープサイド誌に登場する人物を完成させるのに自分もモデルとして何か手助けできないものかと、その様子を探るかのようにやって来た。その折に、確か一週間前に少佐をモデルにして開始した仕事があったが、私はそれをオロンテに任せたい旨を思い切って少佐に伝えた。私は心変わりがしたのだ。私の言葉に彼は顔色を失った。

そして、私をじっと見つめながら立ちすくんだ。「あの青年があなたの考えるイギリス人紳士なのですか？」と、私に尋ねた。

私は少佐の返答に失望した。私は神経が高ぶって緊張していたのだ。もうこれ以上、仕事に横槍を入れてほしくなかったこともあり、幾分刺々《とげとげ》しい口調で私はこう答えた。「ああ、モナーク少佐さん！　この際だから言うけど、あなたのために仕事に支障をきたす結果になるなんて御免蒙《こうむ》りたい！」。すると少佐は一言も漏らさずに、そこに立ち尽くしたと思ったら、すぐにその場を立ち去った。その瞬間、私はもう二度と会うこともあるまいと思い、深い安堵の溜息を漏らした。このままだと、私自身、職を失う危機に晒されてしまうとまでの明言は避けたが、そのような緊張した状況に置かれているくらいの空気感は承知してほしいものだ。しかも、果敢に挑んだ共同作業が果実をもたらすことがなかった教訓を読み取れない彼にすっかり焦《じ》れ込んでしまった。不透明な芸術の世界に向き合うということは不思議なもので、必ずしも素晴らしい上流社会に属すほんものの人士たちが、その立場のモデルとして成功を収める保証はない。

彼らにモデルの謝礼は支払い済みだったはずが、夫妻はまた顔を見せた。あの出来事があった三日後に夫婦は再び一緒にやって来たのだ。あのような事態を巻き起こした後だったので、どこか居心地の悪いというか、痛ましい空気が流れていた。どうやら家にいても他に何もやることがない証左だと思われた。二人はこの件について陰鬱な気分を抑えつつ徹底的に話し合った結果、全集のモデルに使ってもらえないという悲しい知らせに耐えることにしたのだ。

チープサイド誌にさえモデルとして使えないとなると、彼らの器量をどのように活かしたものか思案する。私は最初、容赦と儀礼の心をもって別れを告げに来たのだと思った。今は妙な醜態を晒している場合ではない。その意味ではすさんだ心がそっと慰められた。とにかく今は、ミス・チャームとオロンテのコラボで一所懸命に取り組んでいる最中なので、次こそは周囲から称賛されるような絵を仕上げたいと念じて張り切っていたのだ。そのコラボの場面というのは、主人公ラトランド・ラムゼイがアーテミシアのピアノの椅子に自分の椅子を近づけて、難しいピアノ曲を演奏しながら、心が虚ろになりつつも鍵盤の上に指を走らせている彼女の耳元に驚愕《きょうがく》するようなことを囁くところである。それは原本から示唆を受けたものだ。ミス・チャームがピアノを演奏している場面は、以前にも描いたことがあったが、それはまったく詩的とも言える優美さを湛えた姿である。私はこの二人のコラボをうまく調和させて秀逸な作品にしたかった。小柄なイタリア人青年は、私の絵画のコンセプトに適応していたと言える。二人は私の前で、眩《まばゆ》いばかりのポーズを披露してくれた。それは紛れもなく、ときめきを隠しもせず魅力的な愛を囁く若い二人の姿であった。私はカンバスにこの望ましい愛の風景を描きさえすればよかった。モナーク夫妻はこの光景を静かに眺めていたが、私は肩越しから親しみを込めて彼らに挨拶をした。

二人からの返事はなかった。しかし、相手の反応のあるなしは気にならない。よくあることだったので、そのまま仕事を続けた。これは理想的な絵に仕上がるだろうと思わず胸が躍ったが、その一方で、どうにもモナーク夫妻と疎遠になれない苛立ちが募るばかりだ。やがて、モナーク夫人の甘ったるい声が耳に届いた。それは隣から、いや上からと言った方がいいだろうか。「あの方の髪の毛ですが、もう少しきちんと整っていたらいいのに」。私が見上げると、彼女は背を向けているミス・チャームを不思議そうにじっと真顔で凝視していた。「私が手を貸してあげてもよろしいでしょうか?」と、彼女は言葉を続けた。その言葉を聞いて、私は一瞬であったが嫌な胸騒ぎを覚えた。ミス・チャームに何か危害を加えるのではないだろうかと、私はそんな不安を感じとったのだ。しかし、彼女は記憶に残る印象的な眼差しで私を包んだ。私は言葉に詰まってしまった。白状すると、私は一瞬、あの眼差しなら絵になると思った。彼女はミス・チャームの肩に手を添えて前かがみの姿勢になりながら、優しく語り掛けた。ミス・チャームは事の次第を了解し、喜んでその申し出に応じた。モナーク夫人がミス・チャームの乱れた髪の毛を巧みな手さばきで素早く整えてあげると、その様子は見違えるほど綺麗になった。彼女は私の知っている彼女ではなかった。それは素晴らしい施しだ。その後に、夫人は身を引いて声にならない溜息を漏らした。そして、あたかも他に何かすることがないかと、辺りに視線を落とした。私の絵道具から零れ落ちた汚れた布切れを恥を忍んで、それでも気高く拾い上げた。

一方、モナーク少佐も自分にも何かできることはないかと、そわそわと落ち着かない様子で辺りを見まわしていたが、やがてアトリエの向こう側にまで足を延ばして、まだ片付け終わってない朝食の容器を見つけ出した。「いかがでしょうか、私にこれらを片付けさせて頂けないでしょうか？」と、私にかけるその声はどこか感情を抑えきれずに震えているようだった。私はお愛想笑いを浮かべながら、それに同意した。すると、次の十分間というもの、器がぶつかり合う軽い音、またスプーンやグラスが触れ合うキーンという特有の音が仕事中の私の耳に届いた。モナーク夫人も夫の少佐に手を貸すなり、食器類をすすぎ洗い、丁寧に片づけた。それから台所に隣接した小さな食器室に入って行った。後でわかったことだが、ナイフ類は磨き上げられて優美な光沢を放ち、プレート類は今まで見たこともないほどピカピカに輝いていた。このような無言の行為を見せつけた彼らの意図は果てして何か、それがわかると目の前にある絵は一瞬、ぼやけて見えた。そう告白せざるを得ない。彼らはそこはかとなく敗北を受け入れても、宿命を受け入れることができなかったのだ。にせものがほんものを凌駕するという不条理で残酷な法則に、彼らは困惑しながらも頭を垂れるしかなかったのである。だが、ひもじくて死ぬのは避けたい。召使がモデルになれるなら、モデルが召使になってもよいだろう。役割を反転させて、他の連中が紳士淑女のモデルを演じるならば、こっちは召使の仕事をさせてもらいたいものだ。いずれにしても、このアトリエにはこのまま残りたい。「どうか、私たちをここから追い出さないで欲しい。何でもしますから」。彼らはそのように、私に無言の熱い言葉を投げかけているようだ。

そんなことに没頭していたら、いつの間にか私のひらめきの感性は消え失せてしまった。手から筆が落ちてしまったのだ。今日のモデルを使った仕事は台無しだ。だから、何が何だか訳がわからなくて当惑していたモデルを帰らせた。そうなると、そこに居残ったのは私とモナーク夫妻だけになった。何とも気まずい空気が流れた。彼らは言葉を簡潔に紡ぐ。「あの、私たちを何かに用立ててもらえないでしょうか?」。しかし、その要求には応じられないのだ。そのようなことに従事している彼らを見るのは忍びない。しかし結局、耐え忍ぶような素振りを見せつけて、私は彼らを一週間ばかり働かせることにした。それから、それ相当の対価を支払って立ち去ってもらった。それ以来、彼らには会っていない。しかるべき事情で、私は全集の残りの部分の仕事を受け持つ幸運に恵まれた。だが、友人のジャック・ホーリーが繰り返して言うには、モナーク夫妻は私に看過できぬ瑕疵を負わせ、一流より程度が劣る仕事にしかめぐり合うことができなかった所以だと。たとえ、それが真実だとしても、二人の良き記憶に生涯にわたって残るなら、私はそれだけの価値はあると思い満足した。

註

デイジー・ミラー

001——これはジュネーブ湖とアルプスを背景にして佇む一八四二年に建てられた由緒ある老舗ホテルである。

002——大西洋の景色を望む豪華なホテルで、二百年以上の歴史を有する。

003——四分の四拍子の曲に細かなステップを踏むアイリッシュダンス。

004——一八一六年にこの城の地下牢に幽閉されていた実在の人物フランソワ・ボニヴァールをモデルに書いた長編叙事詩。

005——一八八一年に刊行されたシェルビュリエの初期を飾る名作。

006——この名称はモホーク族の言葉の「松の木々の向こう側」に由来する。

007——ヘンリー・ジェイムズの代表作『ある貴婦人の肖像』には、ベラスケス「マルガリータ王女の肖像」についての言及がある。

008——『マンフレッド』は一八一七年に刊行された三幕十場より成る劇詩。

ほんもの

001——メイダ・ヴェールはロンドン北西部に位置する地区。メイダ・ヴェールという名称は、一八〇六年にイタリアのカラブリア州でイギリス軍とフランス軍の間で戦われたマイダの戦いに由来する。

002——ボルドー産の赤ワインを指す。

ヘンリー・ジェイムズ[1843–1916]年譜

▼——世界史の事項　●——文化史・文学史を中心とする事項　**太字ゴチの作家『タイトル』**——〈ルリユール叢書〉の既刊・続刊予定の書籍です

一八四三年

四月十五日にマンハッタンのグリニッジ・ヴィレッジ近くのワシントン・プレイス通り二十一番地に生まれる。一歳年上に兄ウィリアム・ジェイムズがいる（彼は哲学や心理学の泰斗として名を馳せた。その著作群は日本を代表する哲学者の西田幾多郎や国民的な人気を誇る文豪の夏目漱石にも影響を及ぼしたと言われる）。

両親と共にパリとロンドンで過ごす（四五年まで）。

▼オコンネルのアイルランド解放運動［愛］●ポー『黒猫』、『黄金虫』、『告げ口心臓』［米］●ラスキン『近代画家論』（〜六〇）［英］●カーライル『過去と現在』［英］●トマス・フッド『シャツの歌』［英］●ユゴー「城主」初演［仏］●ガレット『ルイス・デ・ソーザ修道士』［ポルトガル］●ヴァーグナー《さまよえるオランダ人》初演［独］●アウエルバッハ『シュヴァルツヴァルトの村物語』（〜五四）［独］●クラシェフスキ『ウラーナ』［ポーランド］●キェルケゴール『あれか、これか』［デンマーク］●ゴーゴリ『外套』［露］

一八四四年

▼バーブ運動、開始［イラン］●ホーソーン『ラパチーニの娘』［米］●タルボット、写真集『自然の鉛筆』を出版（〜四六）［英］●R・チェンバース『創造の自然史の痕跡』［英］●ターナー《雨、蒸気、速度—グレート・ウェスタン鉄道》［英］●ディズ

レーリ『コニングスビー』［英］●キングレーク『イオーセン』［英］●サッカレー『バリー・リンドン』［英］●シュー『さまよえるユダヤ人』連載（〜四五）［仏］●デュマ・ペール『三銃士』、『モンテ＝クリスト伯』（〜四五）［仏］●シャトーブリアン『ランセ伝』［仏］●バルベー・ドールヴィイ『ダンディスムとG・ブランメル氏』［仏］●シュティフター『習作集』（〜五〇）［墺］●ハイネ『ドイツ・冬物語』、『新詩集』［独］●フライリヒラート『信条告白』［独］●ヘッベル『ゲノフェーファ』［独］

一八四五年［二歳］

帰国後はニューヨーク州の州都オールバニーで過ごす（四七年まで）。

▼アイルランド大飢饉［愛］▼第一次シーク戦争開始［印］●ポー『盗まれた手紙』、『大鴉その他』［米］●ディズレーリ『シビルあるいは二つの国民』［英］●メリメ『カルメン』［仏］●**レオパルディ『断想集』**［伊］●マルクス、エンゲルス『ドイツ・イデオロギー』［独］●エンゲルス『イギリスにおける労働者階級の状態』［独］●**A・v・フンボルト『コスモス』**（第一巻）［独］●ミュレンホフ『シュレースヴィヒ・ホルシュタイン・ラウエンブルク公国の伝説、童話、民謡』［独］●**ペタル二世ペトロビッチ＝ニェゴシュ『小宇宙の光』**［セルビア］●キルケゴール『人生行路の諸段階』［デンマーク］

一八四六年

▼米墨戦争（〜四八）［米・墨］▼穀物法撤廃［英］●リア『ノンセンスの絵本』［英］●サッカレー『イギリス俗物列伝』（〜四七）［英］●ホーソーン『旧牧師館の苔』［米］●メルヴィル『タイピー』［米］●バルザック『従妹ベット』［仏］●サンド『魔の沼』［仏］●ミシュレ『民衆』［仏］●メーリケ『ボーデン湖の牧歌』［独］●フルバン『薬売り』［スロヴァキア］●ドストエフスキー『貧しき人々』、『分身』［露］

一八四七年［四歳］

ニューヨークに住居地を定めて父親の特異な教育方針により複数の家庭教師について学ぶ。

▼婦人と少年の十時間労働を定めた工場法成立［英］●プレスコット『ペルー征服史』［米］●エマソン『詩集』［米］●ロングフェロー『エヴァンジェリン』［米］●メルヴィル『オムー』［米］●サッカレー『虚栄の市』（〜四八）［英］●E・ブロンテ『嵐が丘』［英］●A・ブロンテ『アグネス・グレイ』［英］●C・ブロンテ『ジェイン・エア』［英］●ミシュレ『フランス革命史』（〜五三）［仏］●ラマルチーヌ『ジロンド党史』［仏］●ラディチェヴィチ『詩集』［セルビア］●**ペタル二世ペトロビッチ＝ニェゴシュ『山の花環』**［セルビア］●ラディチェビッチ『詩集』［セルビア］●ネクラーソフ『夜中に暗い夜道を乗り行けば…』［露］●ゲルツェン『誰の罪か？』［露］●ゴンチャローフ『平凡物語』［露］●ツルゲーネフ『ホーリとカリーヌイチ』［露］●グリゴローヴィチ『不幸なアントン』［露］●ゴーゴリ『友人との往復書簡選』［露］●ベリンスキー『ゴーゴリへの手紙』［露］

一八五五年［十二歳］

一家でヨーロッパに渡る。ロンドン、パリ、そしてフランス北部のブローニュ・シュル・メールなどで憩う。帰国後はロードアイランドの港町ニューポートに住む（五八年まで）。

▼印紙税廃止［英］▼安政の大地震［日］●ロングフェロー『ハイアワサの歌』［米］●ホイットマン『草の葉』（初版）［米］●メルヴィル『イズレイル・ポッター』［米］●キングズリー『おーい、船は西行きだ！』［英］●R・ブラウニング『男と女』［英］●トロロー

プ『養老院長』〔英〕●テニスン『モード』〔英〕●パリ万国博覧会〔仏〕●ネルヴァル『オーレリア』〔仏〕●フライターク『借方と貸方』〔独〕●メーリケ『旅の日のモーツァルト』〔独〕●ハイゼ『ララビアータ』〔独〕●ニェムツォヴァー『おばあさん』〔チェコ〕●アンデルセン『わが生涯の物語』〔デンマーク〕●チェルヌイシェフスキー『現実に対する芸術の美学的関係』〔露〕●トルストイ『セヴァストーポリ物語』(〜五六)〔露〕

一八五九年〔十六歳〕

一家で再びヨーロッパに滞在。ジュネーブではアカデミーに通い、ボンではドイツ語を学ぶ。

▼スエズ運河建設着工〔仏〕●C・ダーウィン『種の起原』〔英〕●スマイルズ『自助論』〔英〕●J・S・ミル『自由論』〔英〕●G・エリオット『アダム・ビード』〔英〕●メレディス『リチャード・フェヴェレルの試練』〔英〕●テニスン『国王牧歌』(〜八五)〔英〕●W・コリンズ『白衣の女』(〜六〇)〔英〕●ディケンズ、週刊文芸雑誌『一年中』を創刊、『二都物語』〔英〕●ユゴー『諸世紀の伝説』〔仏〕●ミストラル『ミレイユ』〔仏〕●フロマンタン『サヘルの一年』〔仏〕●ヴェルガ『山の炭焼き党員たち』(〜六〇)〔伊〕●ヴァーグナー《トリスタンとイゾルデ》〔独〕●ヘッベル『母と子』〔独〕●ゴンチャローフ『オブローモフ』〔露〕●ツルゲーネフ『貴族の巣』〔露〕●ドブロリューボフ『オブローモフ気質とは何か』、『闇の王国』〔露〕

一八六〇年〔十七歳〕

九月にはニューポートに戻る。アメリカの画家・ステンドグラス作家であるジョン・ラファージの知己を得る。

一八六〇年　▼英仏通商（コブデン＝シュバリエ）条約〔欧〕▼ガリバルディ、シチリアを平定〔伊〕▼桜田門外の変〔日〕●ホーソーン『大理石の牧神像』〔米〕●ソロー『キャプテン・ジョン・ブラウンの弁護』、『ジョン・ブラウン最期の日々』〔米〕●G・エリオット『フロス河の水車場』〔英〕●ボードレール『人工楽園』〔仏〕●ブルクハルト『イタリア・ルネサンスの文化』〔スイス〕●ムルタトゥリ『マックス・ハーフェラール』〔蘭〕●ドストエフスキー『死の家の記録』〔露〕●ツルゲーネフ『初恋』、『その前夜』〔露〕

一八六一年［十八歳］

ニューポートで突発的な事故により脊髄損傷を負う。重篤な傷病を負ったという事由で南北戦争の兵役を免除される。

▼リンカーン、大統領就任。南北戦争開始（〜六五）〔米〕▼イタリア王国成立。ヴィットーリオ・エマヌエーレ二世即位〔伊〕▼ヴィルヘルム一世の即位〔独〕▼ルーマニア自治公国成立〔ルーマニア〕▼農奴解放令〔露〕●ビートン夫人『家政読本』〔英〕●トロロープ『フラムリーの牧師館』〔英〕●G・エリオット『サイラス・マーナー』〔英〕●ディケンズ『大いなる遺産』〔英〕●ピーコック『グリル荘』〔英〕●D・G・ロセッティ訳詩集『初期イタリア詩人』〔英〕●バルベー・ドールヴィイ『十九世紀の作品と人物』（〜一九一〇）〔仏〕●ボードレール『悪の華』（第二版）、『リヒャルト・ヴァーグナーと〈タンホイザー〉のパリ公演』〔仏〕●バッハオーフェン『母権論』〔スイス〕●**ヘッベル《ニーベルンゲン》**初演〔独〕●シュピールハーゲン『問題のある人々』（〜六二）〔独〕●マダーチ『人間の悲劇』〔ハンガリー〕●ドストエフスキー『虐げられた人々』〔露〕

一八六二年〔十九歳〕

秋にハーヴァード大学のロースクールに入学する。この頃から出版各社に原稿や企画を持ち込む。

▼ビスマルク、プロイセン宰相就任〔独〕▼生麦事件〔日〕●H・スペンサー『第一原理論』〔英〕●C・ロセッティ『ゴブリン・マーケットその他の詩』〔英〕●コリンズ『無名』〔英〕●マネ《草上の昼食》(〜六三)〔仏〕●ユゴー『レ・ミゼラブル』〔仏〕●ルコント・ド・リール『夷狄詩集』〔仏〕●フローベール『サラムボー』〔仏〕●ゴンクール兄弟『十八世紀の女性』〔仏〕●ミシュレ『魔女』〔仏〕●カステーロ・ブランコ『破滅の恋』〔ポルトガル〕●ヨーカイ『新地主』〔ハンガリー〕●ツルゲーネフ『父と子』〔露〕●ダーリ『ロシア諺集』〔露〕●トルストイ、『ヤースナヤ・ポリャーナ』誌発刊〔露〕

一八六四年〔二十一歳〕

二月に一八六二年創刊の『コンチネンタル・マンスリー』誌に匿名で最初の短編小説「間違いの喜劇 "A Tragedy of Error"」を発表する。三月に一家はボストンのアシュバートン・プレイス通り十三番地に移る。十月には一八一五年創刊の伝統ある学術誌『ノースアメリカン・レビュー』誌に無署名で書評を寄せる。

▼第二次スリースヴィ戦争(シュレースヴィヒ・ホルシュタイン戦争／デンマーク戦争)〔欧〕▼ロンドンで第一インターナショナル結成〔英〕●テニソン『イーノック・アーデン』〔英〕●J・H・ニューマン『アポロギア』〔英〕●『十九世紀ラルース』第一回配本〔仏〕●ヴェルヌ『地底旅行』〔仏〕●**サンド『ローラ、あるいは水晶の中への旅』**〔仏〕●バルベー・ドールヴィイ『デ

トゥーシュの騎士』［仏］●セギュール夫人『ソフィーのいたずら』［仏］●ロンブローゾ『天才と狂気』［伊］●ヨヴァノヴィッチ＝ズマイ『薔薇の蕾』［セルビア］●レ・ファニュ『アンクル・サイラス』、『ワイルダーの手』［愛］●ドストエフスキー『地下室の手記』［露］

一八六五年［二十二歳］

三月に一八五七年創刊の『アトランティック・マンスリー』誌に「ある年の物語 "The Story of a Year"」が掲載される。一八六五年にエドウィン・L・ゴドキンがニューヨークで創刊した『ザ・ネイション』誌に書評を寄せる。

▼南北戦争終結、リンカーン暗殺［米］ガスタイン協定［独・墺］●メルヴィル『イズレイル・ポッター』［米］●L・キャロル『不思議の国のアリス』［英］●M・アーノルド『批評論集』（第一集）［英］●スウィンバーン『カリドンのアタランタ』［英］●ヴェルヌ『地球から月へ』［仏］●シュティフター『ヴィティコー』（～六七）［墺］●ヴァーグナー《トリスタンとイゾルデ》初演［独］●トルストイ『戦争と平和』（～六九）［露］

一八六六年［二十三歳］

一八六六年の夏にマーク・トウェインの友人でもあるアメリカの小説家ウィリアム・ディーン・ハウエルズを知る。その年の十月に、一家はハーヴァード大学近くのケンブリッジ市クウィンシー・ストリート二十番地に移る。

▼普墺戦争［独・墺］▼薩長同盟［日］●**オルコット『仮面の陰に あるいは女の力』**［米］●メルヴィル『戦争詩集』［米］●G・エ

リオット『急進主義者フィーリクス・ホルト』〔英〕●ヴェルレーヌ『サチュルニアン詩集』〔仏〕●『現代パルナス』(第一次)〔仏〕●ユゴー『海に働く人々』〔仏〕●E・ヘッケル『一般形態学』〔独〕●ドストエフスキー『罪と罰』〔露〕

一八六九年〔三十六歳〕

健康改善を目的としてヨーロッパに渡る。イギリス滞在時にはヴィクトリア時代を代表する評論家および美術評論家としても世評を得たジョン・ラスキン、また詩人・作家、思想家としても活躍したウィリアム・モリス、そして十九世紀を代表する女性小説家ジョージ・エリオットらの知遇を得る。その後にスイスとイタリアを訪れる。

▼スエズ運河開通〔欧・エジプト〕▼大陸横断鉄道開通〔米〕▼立憲王政樹立〔西〕●オルコット『若草物語』(第二部)〔米〕●マーク・トウェイン『無邪気な外遊記』〔米〕●ゴルトン『遺伝的天才』〔英〕●M・アーノルド『教養と無秩序』〔英〕●R・D・ブラックモア『ローナ・ドゥーン』〔英〕●W・S・ギルバート『バブ・バラッド』〔英〕●J・S・ミル『女性の解放』〔英〕●ヴェルヌ『海底二万里』(〜七〇)〔仏〕●**ユゴー『笑う男』**〔仏〕●ボードレール『パリの憂鬱』〔仏〕●ヴェルレーヌ『雅宴』〔仏〕●ロートレアモン『マルドロールの歌』〔仏〕●ドーデ『風車小屋だより』〔仏〕●フローベール『感情教育』〔仏〕●ジュライ『ロムハーニ』〔ハンガリー〕●サルトゥイコフ・シチェドリン『ある町の歴史』(〜七〇)〔露〕

一八七〇年〔三十七歳〕

従妹ミニー・テンプルが結核で死去する。同年の五月にケンブリッジ市に戻る。

▼普仏戦争〔仏・独〕▼第三共和政〔仏〕●エマソン『社会と孤独』〔米〕●初等教育法制定〔英〕●D・G・ロセッティ『詩集』〔英〕●ヴェルヌ『海底二万里』〔仏〕●ヴェルレーヌ『よき歌』〔仏〕●デ・サンクティス『イタリア文学史』（〜七一）〔伊〕●ペレス・ガルドス『フォルトゥナタとハシンタ』〔西〕●ザッハー＝マゾッホ『毛皮を着たヴィーナス』〔墺〕●ディルタイ『シュライアマハーの生涯』〔独〕●ストリンドバリ「ローマにて」初演〔スウェーデン〕●キヴィ『七人兄弟』〔フィンランド〕

一八七一年〔二十八歳〕

八月から十二月にかけて『アトランティック・マンスリー』誌に小説『後見人と被後見人 *Watch and Ward*』を連載する。

▼パリ・コミューン成立〔仏〕▼ドイツ帝国成立〔独〕▼廃藩置県〔日〕●オルコット『小さな紳士たち』〔米〕●E・ブルワー＝リットン『来るべき種族』〔英〕●ゾラ〈ルーゴン・マッカール〉叢書『ルーゴン家の誕生』（〜九三）〔仏〕●『現代パルナス』（第二次）〔仏〕●ヴェルガ『山雀物語』〔伊〕●ギマラー、『ラ・ラナシェンサ』誌発刊〔西〕●ベッケル『抒情詩集』、『伝説集』〔西〕●ペレーダ『人と風景』〔西〕●ペレス＝ガルドス『フォンターナ・デ・オロ』、『影』、『勇者　在りし日の急進主義者の物語』〔西〕●E・デ・ケイロースとオルティガン、文明批評誌『ファルパス』創刊（〜八二）〔ポルトガル〕●シュリーマン、トロイの遺跡を発見〔独〕●ブランデス『十九世紀文学主潮』（〜九〇）〔デンマーク〕

一八七二年〔二十九歳〕

妹アリスと叔母ケイトを伴ってヨーロッパに憩う。その後にスイス、ローマ、パリにも滞在する。

▼第二次カルリスタ戦争開始(〜七六)〔西〕●S・バトラー『エレホン』〔英〕●G・エリオット『ミドルマーチ』〔英〕●L・キャロル『鏡の国のアリス』〔英〕●ハーディ『緑の木陰』〔英〕●ウィーダ『フランダースの犬』〔英〕●バンヴィル『フランス詩小論』〔仏〕●ケラー『七つの伝説』〔スイス〕●ニーチェ『悲劇の誕生』〔独〕●**シュトルム『荒野の村』**〔独〕●ヨヴァノヴィチ＝ズマイ『末枯れた薔薇の蕾』〔セルビア〕●ヤコブセン『モーウンス』〔デンマーク〕●イプセン『青年同盟』〔ノルウェー〕●レ・ファニュ『鏡の中におぼろに』、『カーミラ』〔愛〕●ゴンチャローフ『百万の呵責』〔露〕●レスコフ『僧院の人々』〔露〕●エルナンデス『エル・ガウチョ、マルティン・フィエロ』〔アルゼンチン〕

一八七四年〔三十一歳〕

四月頃からフィレンツェで最初の長編小説『ロデリック・ハドソン *Roderick Hudson*』の執筆に着手する。同年の九月にアメリカに帰国する。

▼英のマレー統治始まる。ロンドン女子医学校設立〔英〕▼王政復古のクーデター〔西〕●J・トムソン『恐ろしい都市の夜』〔英〕●ヴェルレーヌ『歌詞のない恋歌』〔仏〕●フローベール『聖アントワーヌの誘惑』〔仏〕●ユゴー『九三年』〔仏〕●マラルメ、『最新流行』誌を編集〔仏〕●ゾラ『プラッサンスの征服』〔仏〕●バルベー・ドールヴィイ『悪魔のような女たち』〔仏〕●ヴェ

ルガ『ネッダ』〔伊〕●アラルコン『三角帽子』〔西〕●ペレス＝ガルドス『チャマルティンのナポレオン』、『サラゴーサ』、『ジローナ』、『カディス』、『頑固者ファン・マルティン』〔西〕●**シュトルム『従弟クリスティアンの家で』、『三色すみれ』、『人形つかいのポーレ』、『森のかたすみ』**〔独〕●**ラーベ『ふくろうの聖霊降臨祭』**〔独〕

一八七五年［三十二歳］

一月に『情熱の巡礼、その他 *A Passionate Pilgrim, and Other Tales*』を上梓する。続いて『太平洋横断のスケッチ *Transatlantic Sketches*』を刊行。同年十一月には前記の『ロデリック・ハドソン』を出版する。同年十二月、長編小説『アメリカ人 *The American*』の執筆に着手。

▼英、スエズ運河株を買収〔英〕ゴータ綱領採択〔独〕●ラニアー『シンフォニー』〔米〕●オルコット『八人のいとこ』〔米〕●トロロップ『現代の生活』〔英〕●ビゼー作曲オペラ《カルメン》上演〔仏〕●ゾラ『ムレ神父の過ち』〔仏〕●ペレス＝ガルドス『アラピレスの戦い』、『国王ホセの荷物』、『一八一五年の宮廷人の手記』〔西〕●E・デ・ケイロース『アマロ神父の罪』〔ポルトガル〕●ザッハー＝マゾッホ『ガリチア物語集』〔墺〕●**シュトルム『静かな音楽家』**〔独〕●**ラーベ『ヘクスターとコルヴァイ』**〔独〕●ドストエフスキー『未成年』〔露〕●トルストイ『アンナ・カレーニナ』（～七七）〔露〕●レオンチエフ『ビザンティズムとスラヴ諸民族』〔露〕

一八七六年〔三十三歳〕

パリで写実主義文学を代表的する文豪フローベール、ロシアの小説家ツルゲーネフ、フランスの小説家エミール・ゾラ、自然主義文学を代表するフランスの小説家モーパッサンらの知己を得る。同年十二月にロンドンのボルトン・ストリート三番地に移る。

▼四月蜂起〔ブルガリア〕▼セルビアとモンテネグロの対トルコ戦争〔欧〕●ベル、電話機を発明〔米〕●フィラデルフィア万国博覧会〔米〕●マーク・トウェイン『トム・ソーヤーの冒険』〔米〕●メルヴィル『クラレル』〔米〕●オルコット『花ざかりのローズ』〔米〕●L・キャロル『スナーク狩り』〔英〕●ハーディ『エセルバータの手』〔英〕●マラルメ『半獣神の午後』〔仏〕●ゾラ『ウージェーヌ・ルーゴン閣下』〔仏〕●ロンブローゾ『犯罪人論』〔伊〕●自由教育学院の創立（〜一九四〇）〔西〕●ペレス＝ガルドス『転向』、『フリーメーソン本部』、『七月七日』、『ドニャ・ペルフェクタ』〔西〕●コッホ、炭疽菌を発見〔独〕●ヴァーグナー《ニーベルングの指環》四部作初演〔独〕●シュトルム『水に沈む』〔独〕●ヤコブセン『マリーイ・グルベ夫人』〔デンマーク〕

一八七七年〔三十四歳〕

パリ、フィレンツェ、ローマを訪れる。同年五月に『アメリカ人』を出版する。

▼一月一日、ヴィクトリア女王、インド帝国皇帝を宣言〔英〕▼露土戦争（〜七八）〔露・土〕▼西南戦争〔日〕●エジソン、フォノグラフを発明〔米〕●ケラー『チューリヒ短編集』〔スイス〕●シャルル・クロ「蓄音機論」〔仏〕ロダン《青銅時代》〔仏〕●ゾラ『居

酒屋』〔仏〕●フローベール『三つの物語』〔仏〕●カルドゥッチ『擬古詩集』（～八九）〔伊〕●ペレス＝ガルドス『聖ルイの十万の息子たち』、『一八二四年の恐怖』、『七月七日』、『グロリア』〔西〕●**イプセン『社会の柱』**〔ノルウェー〕●ツルゲーネフ『処女地』〔露〕●ガルシン『四日間』〔露〕●ソロヴィヨフ『神人に関する講義』（～八一）〔露〕

一八七八年〔三十五歳〕

ロンドンで十九世紀イギリスの代表的な政治家ウィリアム・グラッドストン、桂冠詩人アリフレッド・テニスン、卓越した詩才でヴィクトリア朝の文壇を席巻したロバート・ブラウニングらに会う。同年二月に随想『フランスの詩人と小説家 *French Poets and Novelists*』を出版する。六月に短編小説「**デイジー・ミラー** "Daisy Miller"」が『ザ・コーンヒル・マガジン』に連載される。九月には『ヨーロッパ人 *The Europeans*』が刊行される。

▼ベルリン条約（モンテネグロ、セルビア、ルーマニア独立）〔欧〕●オルコット『ライラックの花の下』〔米〕●S・バトラー『生命と習慣』〔英〕●ハーディ『帰郷』〔英〕●ドガ《踊りの花形》〔仏〕●ゾラ『愛の一ページ』〔仏〕●H・マロ『家なき子』〔仏〕●ペレス＝ガルドス『マリアネラ』、『国王派志願兵』、『レオン・ロッチの家族』〔西〕●ニーチェ『人間的な、あまりに人間的な』〔独〕●フォンターネ『嵐の前』〔独〕●ネルダ『宇宙の詩』、『小地区の物語』〔チェコ〕●フェノロサ、来日〔日〕

一八七九年〔三十六歳〕

十二月に小説『信頼 *Confidence*』と批評的伝記『ホーソーン論 *Hawthorne*』を出版する。

▼独墺二重同盟成立〔欧〕▼土地同盟の結成〔愛〕▼ズールー戦争〔英・アフリカ〕▼オックスフォード大学で初の女性のカレッジ設立〔英〕▼ナロードニキの分裂、「人民の意志」党結成〔露〕●エジソン、白熱灯を発明〔米〕●メレディス『エゴイスト』〔英〕●『ジル・ブラス』紙創刊〔仏〕●ルドン『夢の中で』(画集)〔仏〕●ヴァレス『子供』〔仏〕●ファーブル『昆虫記』(～一九〇七)〔仏〕●ケラー『緑のハインリヒ』(改稿版、～八〇)〔スイス〕●ダヌンツィオ『早春』〔伊〕●ペレス＝ガルドス『使徒派』、『一人の叛徒と消された修道士たち』〔西〕●フレーゲ『概念記法』〔独〕●ビューヒナー歿、『ヴォイツェク』〔独〕●H・バング『リアリズムとリアリストたち』〔デンマーク〕●ストリンドバリ『赤い部屋』〔スウェーデン〕●**イプセン『人形の家』**〔ノルウェー〕●ドストエフスキー『カラマーゾフの兄弟』(～八〇)〔露〕●シュムエル・ハ＝ナギド(シュムエル・イブン・ナグレーラ)の『詩集』写本を発見〔露〕

一八八〇年［三十七歳］

十二月に人間の微妙な心理の動きを浮き彫りにした佳作『ワシントン・スクウェア *Washington Square*』を出版する。

▼英、アフガン王国を保護国化〔英・アフガニスタン〕▼第一次ボーア戦争(～八一)〔南アフリカ〕●E・バーン・ジョーンズ《黄金の階段》〔英〕●ギッシング『暁の労働者たち』〔英〕●ロダン《考える人》〔仏〕●ヴェルレーヌ『叡智』〔仏〕●ゾラ『ナナ』、『実験小説論』〔仏〕●モーパッサン『脂肪の塊』〔仏〕●ケルン大聖堂完成〔独〕●エンゲルス『空想から科学へ』〔独〕●**ヤコブセン『ニルス・リューネ』**〔デンマーク〕●H・バング『希望なき一族』〔デンマーク〕

一八八一年〔三十八歳〕

十月にアメリカに帰国する。同年十一月に『ある貴婦人の肖像 *The Portrait of a Lady*』を出版する。これは大きなうねりの中で翻弄されつつも過酷な運命に立ち向かう若くて無垢なアメリカ人女性の生き様を描いたヘンリー・ジェイムズ畢生の大作と目される。

▼ナロードニキ、アレクサンドル二世を暗殺。アレクサンドル三世即位〔露〕●D・G・ロセッティ『物語詩とソネット集』〔英〕●ヴァレス『学士さま』〔仏〕●フランス『シルヴェストル・ボナールの罪』〔仏〕●フローベール『ブヴァールとペキュシェ』〔仏〕●ゾラ『自然主義作家論』〔仏〕●ロティ『アフリカ騎兵』〔仏〕●シュピッテラー『プロメートイスとエピメートイス』〔スイス〕●ルモニエ『ある男』〔白〕●ヴェルガ『マラヴァリア家の人びと』〔伊〕●エチェガライ『恐ろしき媒』〔西〕●**ペレス＝ガルドス『スカートをはいたドン・キホーテ』**〔西〕●マシャード・デ・アシス『ブラス・クーバスの死後の回想』〔ブラジル〕

一八八二年〔三十九歳〕

一月に母親のメアリーが死去する。五月に再びイギリスに戻るが、十二月に帰国して父親ヘンリーの臨終に立ち会う。

▼ドイツ・オーストリア・イタリアの三国同盟成立（〜一九一五）〔欧〕●ハウエルズ『ありふれた訴訟事件』〔米〕●ウォルター・ベザント、作家協会設立〔英〕●アミエル『日記』（〜八四）〔スイス〕●エティエンヌ＝ジュール・マレー、クロノフォトグラフィを考案〔仏〕●ペレス＝ガルドス『友人マンソ』〔西〕●コビュスケン・ヒュト『レンブラントの国』（〜八四）〔蘭〕●ヴァーグナー

《パルジファル》初演〔独〕●ツルゲーネフ『散文詩』〔露〕●中江兆民訳ルソー『民約訳解』〔日〕

一八八三年〔四十歳〕

十一月にマクミラン社から『ヘンリー・ジェイムズ著作集』全十四巻が刊行される。

▼クローマー、エジプト駐在総領事に就任〔エジプト〕●スティーヴンソン『宝島』〔英〕●G・A・ヘンティ『ドレイクの旗の下に』〔英〕●ヴィリエ・ド・リラダン『残酷物語』〔仏〕●モーパッサン『女の一生』〔仏〕●ゾラ『ボヌール・デ・ダム百貨店』〔仏〕●コッローディ『ピノッキオの冒険』〔伊〕●ダヌンツィオ『間奏詩集』〔伊〕●メネンデス・イ・ペラーヨ『スペインにおける美的観念の歴史』(〜八九)〔西〕●ペレス゠ガルドス『医師センテーノ』〔西〕●ニーチェ『ツァラトゥストラかく語りき』(〜八五)〔独〕●リーリエンクローン『副官の騎行とその他の詩集』〔独〕●**フォンターネ『梨の木の下に』**(〜八五)、『シャッハ・フォン・ヴーテノー』〔独〕●エミネスク『金星』〔ルーマニア〕●ヌシッチ『国会議員』〔セルビア〕●ビョルンソン『人の力の及ばぬところ』〔ノルウェー〕●フェート『夕べの灯』(〜九一)〔露〕●ガルシン『赤い花』〔露〕

一八八四年〔四十一歳〕

妹のアリスがロンドンに来て、ヘンリーと同居する。同年九月にフランス中部の都市ブールジュ、ロワール川河畔に位置する都市ナント、フランスの南西部に位置するトゥールーズ、そして南フランスのプロヴァンス地方にあるアルルなどを巡る六週間の旅を綴った『フランス小旅行 *A Little Tour of France*』、そしてボストンのジェイムズ・R・オスグッド社から『三都物語 *Tales of Three Cities*』を出版する。小説家R・L・スティーヴンソンと親交を深める。
▼アフリカ分割をめぐるベルリン会議開催（〜八五）［欧］▼甲申の変［朝鮮］●ウォーターマン、万年筆を発明［米］●マーク・トウェイン『ハックルベリー・フィンの冒険』［米］●バーナード・ショー、〈フェビアン協会〉創設に参加［英］●**ヴェルレーヌ『呪われた詩人たち』**、『往時と近年』［仏］●ユイスマンス『さかしま』［仏］●エコゥト『ケルメス』［白］●A・ジロー『月に憑かれたピエロ』［白］●アラス『裁判官夫人』［西］●R・デ・カストロ『サール川の畔にて』［西］●ペレス＝ガルドス『トルメント』、『ブリンガス夫人』［西］●ブラームス《交響曲第4番ホ短調》（〜八五）［独］●シェンキェーヴィチ『火と剣によって』［ポーランド］●カラジャーレ『失われた手紙』［ルーマニア］●ビョルンソン『港に町に旗はひるがえる』［ノルウェー］●三遊亭円朝『牡丹燈籠』［日］

一八八六年［四十三歳］

ヘンリー・ジェイムズ中期の代表作で女性解放運動の一端を描いた『ボストニアンズ *The Bostonians*』と、革命をテーマにした社会派小説として異彩を放つ『カサマシマ侯爵夫人 *The Princess Casamassima*』が出版される。
▼ベルヌ条約成立［欧］●バーネット『小公子』［米］●オルコット『ジョーの子供たち』［米］●スティーヴンソン『ジキル博士とハイド氏』［英］●ハーディ『カスターブリッジの市長』［英］●ケラー『マルティン・ザランダー』［スイス］●ランボー『イリュミナシオン』［仏］●ヴェルレーヌ『ルイーズ・ルクレール』、『ある寡夫の回想』［仏］●ヴィリエ・ド・リラダン『未来のイヴ』［仏］●モレアス「象徴主義宣言」［仏］●ゾラ『制作』［仏］●ロティ『氷島の漁夫』［仏］●デ・アミーチズ『クオーレ』［伊］●パル

ド・バサン『ウリョーアの館』〔西〕●ペレス＝ガルドス『フォルトゥナータとハシンタ』（〜八七）〔西〕●レアル『反キリスト』〔ポルトガル〕●ニーチェ『善悪の彼岸』〔独〕●クラフト＝エビング『性的精神病理』〔独〕●イラーセック『狗頭族』〔チェコ〕●H・バング『静物的存在たち』〔デンマーク〕●トルストイ『イワンのばか』、『イワン・イリイチの死』〔露〕

一八八七年〔四十四歳〕

春から夏にかけてフィレンツェとベネチアで憩う。

▼仏領インドシナ連邦成立〔仏〕▼ブーランジェ事件（〜八九）〔仏〕▼独露再保障条約締結〔独・露〕●オルコット『少女たちに捧げる花冠』〔米〕●ドイル『緋色の研究』〔英〕●H・R・ハガード『洞窟の女王』、『二人の女王』〔英〕●C・F・マイヤー『ペスカーラの誘惑』〔スイス〕●**モーパッサン**『**モン＝オリオル**』、『オルラ』〔仏〕●ロティ『お菊さん』〔仏〕●ヴェラーレン『夕べ』〔白〕●ペレス＝ガルドス『ドニャ・ペルフェクタ』〔西〕●テンニェス『ゲマインシャフトとゲゼルシャフト』〔独〕●ニーチェ『道徳の系譜』〔独〕●ズーダーマン『憂愁夫人』〔独〕●フォンターネ『セシル』〔独〕●**H・バング**『**化粧漆喰**』〔デンマーク〕●ストリンドバリ「父」初演〔スウェーデン〕●ローソン『共和国の歌』〔豪〕●リサール『ノリ・メ・タンヘレ』〔フィリピン〕●二葉亭四迷『浮雲』（〜九一）〔日〕

一八八八年〔四十五歳〕

ジャーナリズム問題を扱った『ザ・リヴァーバレーター *The Reverberator*』を出版する。

▼ヴィルヘルム二世即位（～一九一八）〔独〕●ベラミー『顧りみれば』〔米〕●ヴェルレーヌ『愛』〔仏〕●ドビュッシー《二つのアラベスク》〔仏〕●ロダン《カレーの市民》〔仏〕●デュジャルダン『月桂樹は伐られた』〔仏〕●バレス『蛮族の眼の下』〔仏〕●ペレス＝ガルドス『ニャオ』〔西〕●E・デ・ケイロース『マイア家の人々』〔ポルトガル〕●ニーチェ『この人を見よ』、『反キリスト者』〔独〕●シュトルム『白馬の騎者』〔独〕●フォンターネ『迷い、もつれ』〔独〕●ストリンドバリ『痴人の告白』（仏版）、『令嬢ジュリー』〔スウェーデン〕●**ヌシッチ『不審人物』**〔セルビア〕●チェーホフ『曠野』、『ともしび』〔露〕●ダリオ『青……』〔ニカラグア〕

一八八九年〔四十六歳〕

『ロンドンの生活、その他 *A London Life, and Other Tales*』を出版して大きな反響を得る。

▼パン・アメリカ会議開催〔米〕▼第二インターナショナル結成〔仏〕●ハウエルズ『アニー・キルバーン』〔米〕●J・K・ジェローム『ボートの三人男』〔英〕●L・ハーン『チタ』〔英〕●ギッシング『ネザー・ワールド』〔英〕●パリ万博開催、エッフェル塔完成〔仏〕●ベルクソン『意識に直接与えられているものについての試論』〔仏〕●ヴェルレーヌ『並行して』〔仏〕●E・シュレ『偉大なる秘儀受領者たち』〔仏〕●ブールジェ『弟子』〔仏〕●ダヌンツィオ『快楽』〔伊〕●ヴェルガ『親方・貴族ジェズアルド』〔伊〕●パラシオ＝バルデス『サン・スルピシオ修道女』〔西〕●ペレス＝ガルドス『謎』、『現実』〔西〕●クラリン『ペレス＝ガルドスの伝記的研究』〔西〕●G・ハウプトマン『日の出前』〔独〕●マーラー《交響曲第一番》初演〔ハンガリー〕●エミネスク歿、『ミンナ』〔ルーマニア〕●H・バング『ティーネ』〔デンマーク〕●ゲレロプ『ミンナ』〔デンマーク〕●W・B・イェイツ『アシーンの放浪ほかの詩』〔愛〕●トルストイ『人生論』〔露〕●森田思軒訳ユゴー『探偵ユーベル』〔日〕

一八九〇年〔四十七歳〕

芸術観を精緻に描いた小説『悲劇の詩神 *The Tragic Muse*』を出版する。

▼フロンティアの消滅〔米〕▼普通選挙法成立〔西〕▼第一回帝国議会開会〔日〕●W・ジェイムズ『心理学原理』〔米〕●**ショパン**『**過ち**』〔米〕●ハウエルズ『新しい運命の浮沈』〔米〕●J・G・フレイザー『金枝篇』(〜一九一五)〔英〕●W・モリス、ケルムコット・プレスを設立〔英〕●ウィリアム・ブース『最暗黒の英国とその出路』〔英〕●L・ハーン『ユーマ』、『仏領西インドの二年間』〔英〕●ドビュッシー《ベルガマスク組曲》〔仏〕●ヴェルレーヌ『献辞集』〔仏〕●ヴィリエ・ド・リラダン『アクセル』〔仏〕●クローデル『黄金の頭』〔仏〕●ゾラ『獣人』〔仏〕●ブリュンチエール『文学史におけるジャンルの進化』〔仏〕●ギュイヨー『社会学的見地から見た芸術』〔仏〕●ズヴェーヴォ『ベルポッジョ街の殺人』〔伊〕●ペレス゠ガルドス『アンヘル・ゲーラ』〔西〕●ヴェラーレン『黒い炬火』〔白〕●ゲオルゲ『讃歌』〔ドイツ〕●フォンターネ『シュティーネ』〔独〕●プルス『人形』〔ポーランド〕●イプセン『ヘッダ・ガブラー』〔ノルウェー〕●ハムスン『飢え』〔ノルウェー〕●森鷗外『舞姫』〔日〕

一八九一年〔四十八歳〕

ロンドンで国際テーマを扱った《アメリカ人》が上演される。

▼全ドイツ連盟結成〔独〕●ビアス『いのちの半ばに』〔米〕●ハウエルズ『批評と小説』〔米〕●ノリス『イーヴァネル——封建下のフランスにおける伝説』〔米〕●メルヴィル歿、『ビリー・バッド』〔米〕●ドイル『シャーロック・ホームズの冒険』〔英〕

●W・モリス『ユートピアだより』〔英〕●ワイルド『ドリアン・グレイの画像』〔英〕●ハーディ『ダーバヴィル家のテス』〔英〕●ギッシング『三文文士』〔英〕●バーナード・ショー『イプセン主義神髄』〔英〕●ヴェルレーヌ『幸福』、『詩選集』、『わが病院』、『彼女のための歌』〔仏〕●ユイスマンス『彼方』〔仏〕●シュオッブ『二重の心』〔仏〕●モレアス、〈ロマーヌ派〉樹立宣言〔仏〕●ジッド『アンドレ・ヴァルテールの手記』〔仏〕●パスコリ『ミリーチェ』〔伊〕●クノップフ《私は私自身に扉を閉ざす》〔白〕●ホーフマンスタール『昨日』〔墺〕●ヴェーデキント『春のめざめ』〔独〕●S・ゲオルゲ『巡礼』〔独〕●G・ハウプトマン『さびしき人々』〔独〕●ポントピダン『約束の地』(～九五)〔デンマーク〕●ラーゲルレーヴ『イエスタ・ベルリング物語』〔スウェーデン〕●トルストイ『クロイツェル・ソナタ』〔露〕●マルティ『素朴な詩』〔キューバ〕●マシャード・デ・アシス『キンカス・ボルバ』〔ブラジル〕●リサール『エル・フィリブステリスモ』〔フィリピン〕

一八九二年〔四十九歳〕

二月に中編小説『巨匠の教訓 *The Lesson of the Master*』を出版する。三月に妹アリスが死去する。

▼メキシコ、カリフォルニア、アリゾナで地震被害〔北米〕▼パナマ運河疑獄事件〔仏〕●ヴェルレーヌ『私的典礼』〔仏〕●ブールジェ『コスモポリス』〔仏〕●シュオッブ『黄金仮面の王』〔仏〕●メーテルランク『ペレアスとメリザンド』〔白〕●ロデンバック『死都ブリュージュ』〔白〕●ズヴェーヴォ『ある生涯』〔伊〕●ダヌンツィオ『罪なき者』〔伊〕●ペレス＝ガルドス『トゥリスターナ』〔西〕●ノブレ『ひとりぼっち』〔ポルトガル〕●〈ミュンヘン分離派〉結成〔独〕●S・ゲオルゲ、文芸雑誌『芸術草紙』を発刊(～一九一九)、『アルガバル』〔独〕●フォンターネ『イェニー・トライベル夫人』〔独〕●G・ハウプトマン『同僚クランプ

トン』〔独〕●ガルボルグ『平安』〔ノルウェー〕●アイルランド文芸協会設立、ダブリンに国民文芸協会発足〔愛〕●チャイコフスキー《くるみ割り人形》〔露〕●ゴーリキー『マカール・チュドラー』〔露〕●カサル『雪』〔キューバ〕●森鷗外訳アンデルセン『即興詩人』〔日〕

一八九三年〔五十歳〕

三月に短編小説「ほんもの "The Real Thing"」、六月に短編小説「私生活 "The Private Life"」、そして九月には短編小説「時の車輪 "The Wheel of Time"」が出版される。

▼世界初の女性参政権成立〔ニュージーランド〕●ドヴォルザーク《交響曲第9番「新世界から」》〔米〕●S・クレイン『街の女マギー』〔米〕●ビアス『怪奇な物語』〔米〕●ギッシング『余計者の女たち』〔英〕●デュルケーム『社会分業論』〔仏〕●ヴェルレーヌ『彼女への頌歌』、『悲歌集』、『わが牢獄』、『オランダでの二週間』〔仏〕●プッチーニ《マノン・レスコー》初演〔伊〕●ヘゼッレ『時代の花環』〔白〕●シュニッツラー『アナトール』〔墺〕●ディーゼル、ディーゼル機関を発明〔独〕●カール・ベンツ、二人乗りの四輪車ヴィクトリア発表〔独〕●G・ハウプトマン《織工たち》初演、『ビーバーの毛皮』〔独〕●O・E・ハルトレーベン独訳『月に憑かれたピエロ』〔独〕●ヴァゾフ『軛の下で』〔ブルガリア〕●ムンク《叫び》〔ノルウェー〕●イェイツ『ケルトの薄明』〔愛〕●チェーホフ『サハリン島』(～九四)〔露〕

一八九四年［五十一歳］

長年の友人であった女流作家コンスタンス・フェニモア・ウルソンとR・L・スティーヴンソンが相次いで死去する。

▼二月、グリニッジ天文台爆破未遂事件［英］▼ドレフュス事件［仏］▼日清戦争（〜九五）［中・日］●『イエロー・ブック』誌創刊［英］●キップリング『ジャングル・ブック』［英］●ハーディ『人生の小さな皮肉』［英］●L・ハーン『知られぬ日本の面影』［英］●ドビュッシー《「牧神の午後」への前奏曲》［仏］●ヴェルレーヌ『陰府で』、『エピグラム集』［仏］●**マラルメ『音楽と文芸』**［仏］●**ゾラ『ルルド』**［仏］●P・ルイス『ビリチスの歌』［仏］●ルナール『にんじん』［仏］●フランス『赤い百合』、『エピキュールの園』［仏］●ダヌンツィオ『死の勝利』［伊］●ペレス＝ガルドス『煉獄のトルケマーダ』［西］●フォンターネ『エフィ・ブリースト』（〜九五）［独］●ミュシャ《ジスモンダ》［チェコ］●イラーセック『チェコ古代伝説』［チェコ］●ペレツ『初祭のための小冊子』（〜九六）［ポーランド］●ジョージ・ムーア『エスター・ウォーターズ』［愛］●バーリモント『北国の空の下で』［露］●ショレム・アレイヘム『牛乳屋テヴィエ』（〜一九一四）［イディッシュ］●シルバ『夜想曲』［コロンビア］●ターレボフ『アフマドの書』［イラン］

一八九五年［五十二歳］

一月にロンドンで《ガイ・ドンヴィル *Guy Domville*》が上演されるが不評を買う。五月に『終結 *Terminations*』と六月には『困惑 *Embarrassments*』を出版する。

▼キューバ独立戦争〔キューバ〕●D・バーナム《リライアンス・ビル》〔米〕●S・クレイン『赤い武功章』、『黒い騎士たち』〔米〕●トウェイン『まぬけのウィルソン』〔米〕●モントリオール文学学校結成〔カナダ〕●ロンドン・スクール・オブ・エコノミクス設立〔英〕●オスカー・ワイルド事件〔英〕●ウェルズ『タイム・マシン』〔英〕●ハーディ『日陰者ジュード』〔英〕●G・マクドナルド『リリス』〔英〕●コンラッド『オルメイヤーの阿房宮』〔英〕●L・ハーン『東の国から』〔英〕●リュミエール兄弟による最初の映画上映〔仏〕●ヴェルレーヌ『告白』〔仏〕●ヴァレリー『レオナルド・ダ・ヴィンチ方法序説』〔仏〕●ヴェラーレン『触手ある大都会』〔白〕●マルコーニ、無線電信を発明〔伊〕●ペレーダ『山の上』〔西〕●ペレス＝ガルドス『トルケマーダとサン・ペドロ』、『ナサリン』、『アルマ』〔西〕●ブロイアー、フロイト『ヒステリー研究』〔墺〕●シュニッツラー『死』、《恋愛三昧》初演〔墺〕●ホフマンスタール『六七二夜の物語』〔墺〕●レントゲン、X線を発見〔独〕●パニッツァ『性愛公会議』〔独〕●ナンセン、北極探検〔ノルウェー〕●パタソン『スノーウィー川から来た男』〔豪〕●樋口一葉『たけくらべ』〔日〕

一八九六年〔五十三歳〕

長編小説『もう一つの家 *The Other House*』を出版する。

▼マッキンリー、大統領選勝利〔米〕▼アテネで第一回オリンピック大会開催〔希〕●スティーグリッツ、「カメラ・ノート」誌創刊〔米〕●ギルバート&サリバン《大公》〔英〕●大衆的日刊紙『デイリー・メール』創刊〔英〕●ヘンティ『ロシアの雪の中を』〔英〕●ウェルズ『モロー博士の島』、『偶然の車輪』〔英〕●スティーヴンソン『ハーミストンのウィア』〔英〕●コンラッド『島の流れ者』〔英〕●ワイルド《サロメ》上演〔英〕●ハウスマン『シュロップシャーの若者』〔英〕●L・ハーン『心』〔英〕●ベック

レル、ウランの放射能を発見［仏］●ベルクソン『物質と記憶』［仏］●ルナール『博物誌』［仏］●ヴァレリー『テスト氏との一夜』［仏］●ジャリ《ユビュ王》初演［仏］●プルースト『楽しみと日々』［仏］●ラルボー『柱廊』［仏］●プッチーニ《ラ・ボエーム》初演［伊］●シェンキェーヴィチ『クオ・ヴァディス』［ポーランド］●H・バング『ルズヴィスバケ』［デンマーク］●フレーディング『しぶきとはためき』［スウェーデン］●チェーホフ《かもめ》初演［露］●ダリオ『希有の人びと』、『俗なる詠唱』［ニカラグア］●ブラジル文学アカデミー創立［ブラジル］

一八九七年［五十四歳］

中編小説『ポイントンの蒐集品 *The Spoils of Poynton*』と『メイジーの知ったこと *What Maisie Knew*』を出版する。九月にサセックス州ライの古い屋敷「ラム・ハウス」を入手する。

▼バーゼルで第一回シオニスト会議開催［欧］▼女性参政権協会全国連盟設立［英］▼ヴィリニュスで、ブンド（リトアニア・ポーランド・ロシア・ユダヤ人労働者総同盟）結成［東欧］●テイト・ギャラリー開館［英］●H・エリス『性心理学』（～一九二八）［英］●**ハーディ『恋の霊　ある気質の描写』**［英］●ウェルズ『透明人間』［英］●ヘンティ『最初のビルマ戦争』［英］●コンラッド『ナーシサス号の黒人』［英］●マラルメ『骰子一擲』、『ディヴァガシオン』［仏］●フランス『現代史』（～一九〇一）［仏］●**ジャリ『昼と夜』**［仏］●ジッド『地の糧』［仏］●ロスタン『シラノ・ド・ベルジュラック』［仏］●バレス『根こそぎにされた人々』［仏］●ロデンバック『カリヨン奏者』［白］●ガニベ『スペインの理念』［西］●ペレス＝ガルドス『慈悲』、『祖父』［西］●クリムトら〈ウィーン・ゼツェッシオン（分離派）〉創立［墺］●K・クラウス『破壊された文学』［墺］●シュニッツラー『死人に口なし』［墺］

●S・W・レイモント『約束の土地』〔〜九八〕〔ポーランド〕●プルス『ファラオ』〔ポーランド〕●ストリンドバリ『インフェルノ』〔スウェーデン〕●B・ストーカー『ドラキュラ』〔愛〕

一八九八年〔五十五歳〕

短編小説「檻の中 "In the Cage"」とゴシック小説系の中編小説『ねじの回転 *The Turn of the Screw*』を出版する。六月に「ラム・ハウス」に移る。この頃から小説家ジョウゼフ・コンラッドやH・G・ウェルズらとモダニズム小説をめぐる文学的な語らいを楽しむ。

▼アメリカ、ハワイ王国を併合〔米〕▼米戦艦メイン号の爆発をきっかけに米西戦争開戦、スペインは敗北〔米・西・キューバ・フィリピン〕●ノリス『レディ・レティ号のモーラン』〔米〕●ウェルズ『宇宙戦争』〔英〕●コンラッド『青春』〔英〕●ハーディ『ウェセックス詩集』〔英〕●H・クリフォード『黒人種の研究』〔英〕●キュリー夫妻、ラジウムを発見〔仏〕●ゾラ、『オーロール』紙に大統領への公開状「われ弾劾す」発表〔仏〕●ブルクハルト『ギリシア文化史』〔〜一九〇二〕〔スイス〕●ズヴェーヴォ『老年』〔伊〕●文芸誌『ビダ・ヌエバ』創刊〔〜一九〇〇〕〔西〕●ガニベ自殺〔西〕●ペレス゠ガルドス『スマラカレギ将軍』、『メンディサバル』、『オニャーテからラ・グランハ離宮へ』〔西〕●リルケ『フィレンツェ日記』〔墺〕●T・マン『小男フリーデマン氏』〔独〕●S・ヴィスピャンスキ《ワルシャワの娘》〔ポーランド〕●S・ジェロムスキ『シジフォスの苦役』〔ポーランド〕●カラジャーレ『ムンジョアラの宿』〔ルーマニア〕●H・バング『白い家』〔デンマーク〕●イェンセン『ヘマラン地方の物語』〔〜一九一〇〕〔デンマーク〕●ストリンドバリ『伝説』、『ダマスカスへ』〔〜一九〇一〕〔スウェーデン〕●森鷗外訳フォルケルト『審美新説』〔日〕

一八九九年 [五十六歳]

四月に『面倒な年頃 *The Awkward Age*』を出版する。

▼米比戦争(〜一九〇二)[米・フィリピン]▼ドレフュス有罪判決、大統領特赦[仏]▼第二次ボーア戦争勃発(〜一九〇二)[英・南アフリカ]●**ノリス『マクティーグ　サンフランシスコの物語』**[米]●ショパン『目覚め』[米]●コンラッド『闇の奥』、『ロード・ジム』(〜一九〇〇)[英]●A・シモンズ『文学における象徴主義運動』[英]●H・クリフォード『アジアの片隅で』[英]●ラヴェル《亡き王女のためのパヴァーヌ》[仏]●**ジャリ『絶対の愛』**[仏]●ミルボー『責苦の庭』[仏]●ダヌンツィオ『ジョコンダ』[伊]●ペレス゠ガルドス『ルチャーナの戦い』、『マエストラスゴの戦闘』、『ロマンティックな往復書簡』、『ベルガラ協定』[西]●シェーンベルク《弦楽六重奏曲「浄夜」》[墺]●シュニッツラー《緑のオウム》初演[墺]●K・クラウス、個人誌『ファッケル(炬火)』創刊(〜一九三六)[墺]●ホルツ『叙情詩の革命』[独]●ストリンドバリ『罪さまざま』、『フォルクングのサガ』、『グスタヴ・ヴァーサ』[スウェーデン]●アイルランド文芸劇場創立[愛]●イェイツ『葦間の風』、《キャスリーン伯爵夫人》初演[愛]●チェーホフ《ワーニャ伯父さん》初演、『犬を連れた奥さん』、『可愛い女』[露]●トルストイ『復活』[露]●ゴーリキー『フォマ・ゴルデーエフ』[露]●ソロヴィヨフ『三つの会話』(〜一九〇〇)[露]●レーニン『ロシアにおける資本主義の発展』[露]●クロポトキン『ある革命家の手記』[露]

一九〇〇年〔五十七歳〕

アメリカの女流作家イーディス・ウォートンとの文学的交流が始まる。

▼労働代表委員会結成〔英〕▼義和団事件〔中〕●ドライサー『シスター・キャリー』〔米〕●ノリス『男の女』〔米〕●L・ボーム『オズの魔法使い』〔米〕●L・ハーン『影』〔英〕●ウェルズ『恋愛とルイシャム氏』〔英〕●シュピッテラー『オリュンポスの春』(〜〇五)〔スイス〕●ベルクソン『笑い』〔仏〕●ジャリ『鎖につながれたユビュ』〔仏〕●コレット『学校へ行くクローディーヌ』〔仏〕●プッチーニ《トスカ》初演〔伊〕●フォガッツァーロ『現代の小さな世界』〔伊〕●ダヌンツィオ『炎』〔伊〕●ペレス゠ガルドス『モンテス・デ・オカ将校』、『アヤクーチョたち』、『王家の婚姻』〔西〕●フロイト『夢判断』〔墺〕●シュニッツラー『輪舞』、『グストル少尉』〔墺〕●プランク、「プランクの放射公式」を提出〔独〕●ツェッペリン、飛行船ツェッペリン号建造〔独〕●ジンメル『貨幣の哲学』〔独〕●S・ゲオルゲ『生の絨毯』〔独〕●シェンキェーヴィチ『十字軍の騎士たち』〔ポーランド〕●S・ジェロムスキ『家なき人々』〔ポーランド〕●ヌシッチ『血の貢ぎ物』〔セルビア〕●イェンセン『王の没落』(〜〇一)〔デンマーク〕●ベールイ『交響楽(第一・英雄的)』〔露〕●バーリモント『燃える建物』〔露〕●チェーホフ『谷間』〔露〕●マシャード・デ・アシス『むっつり屋』〔ブラジル〕

一九〇一年〔五十八歳〕

二月に長編小説『神聖なる泉 *The Sacred Fount*』を出版する。

▼マッキンリー暗殺、セオドア・ローズベルトが大統領に［米］▼ヴィクトリア女王歿、エドワード七世即位［英］▼革命的ナロードニキの代表によってSR結成［露］▼オーストラリア連邦成立［豪］●ノリス『オクトパス』［米］●キップリング『キム』［英］●ウェルズ『予想』、『月世界最初の人間』［英］●L・ハーン『日本雑録』［英］●ヘンティ『ガリバルディとともに』［英］●ラヴェル《水の戯れ》●シュリ・プリュドム、ノーベル文学賞受賞［仏］●ジャリ『メッサリーナ』［仏］●フィリップ『ビュビュ・ド・モンパルナス』［仏］●マルコーニ、大西洋横断無線電信に成功［伊］●ダヌンツィオ「フランチェスカ・ダ・リーミニ」上演［伊］●バローハ『シルベストレ・パラドックスの冒険、でっちあげ、欺瞞』［西］●フロイト『日常生活の精神病理学』［墺］●T・マン『ブッデンブローク家の人々』［独］●H・バング『灰色の家』［デンマーク］●ストリンドバリ『夢の劇』、『死の舞踏』［スウェーデン］●ヘイデンスタム『聖女ビルギッタの巡礼』［スウェーデン］●チェーホフ《三人姉妹》初演［露］

一九〇二年［五十九歳］

八月に莫大な遺産を相続した孤独な娘にふりかかる悲劇的な運命を扱った大作『鳩の翼 *The Wings of the Dove*』を出版する。

▼独・墺・スイス共通のドイツ語正書法施行［欧］▼ロックフェラー、全米の石油の九〇%を独占［米］▼日英同盟締結［英・日］▼コンゴ分割［仏］▼アルフォンソ十三世親政開始［西］▼キューバ共和国独立［米・西・キューバ］●スティーグリッツ、〈フォト・セセッション〉を結成［米］●W・ジェイムズ『宗教的経験の諸相』［米］●J・A・ホブソン『帝国主義論』［英］●『タイムズ文芸付録』刊行開始［英］●ドイル『バスカヴィル家の犬』［英］●L・ハーン『骨董』［英］●ベネット『グランド・バビ

ロン・ホテル』〔英〕●ジャリ『超男性』〔仏〕●ジッド『背徳者』〔仏〕●ロラント・ホルスト＝ファン・デル・スハルク『新生』〔蘭〕●クローチェ『表現の科学および一般言語学としての美学』〔伊〕●ウナムーノ『愛と教育』〔西〕●バローハ『完成の道』〔西〕●バリェ＝インクラン『四季のソナタ』（～〇五）〔西〕●アソリン『意志』〔西〕●ブラスコ＝イバニェス『葦と泥』〔西〕●ペレス＝ガルドス『一八四八年の騒動』、『ナルバエス将軍』〔西〕●レアル・マドリードCF創設〔西〕●リルケ『形象詩集』〔墺〕●シュニッツラー『ギリシアの踊り子』〔墺〕●ホフマンスタール『チャンドス卿の手紙』〔墺〕●モムゼン、ノーベル文学賞受賞〔独〕●インゼル書店創業〔独〕●ツァンカル『断崖にて』〔スロヴェニア〕●レーニン『何をなすべきか?』〔露〕●ゴーリキー『小市民』、《どん底》初演〔露〕●アンドレーエフ『深淵』〔露〕●クーニャ『奥地の反乱』〔ブラジル〕●アポストル『わが民族』〔フィリピン〕

一九〇三年〔六十歳〕

九月に複雑な人間模様が織り成す佳作『使者たち *The Ambassadors*』を出版する。十月には『ウィリアム・ウエットモア・ストーリーとその友だち *William Wetmore Story and His Friends*』を出版する。

▼エメリン・パンクハースト、女性社会政治同盟結成〔英〕▼ロシア社会民主労働党、ボリシェビキとメンシェビキに分裂〔露〕●スティーグリッツ、『カメラ・ワーク』誌創刊〔米〕●ノリス『取引所』、『小説家の責任』〔米〕●ロンドン『野性の呼び声』、『奈落の人々』〔米〕●G・E・ムーア『倫理学原理』〔英〕●G・B・ショー『人と超人』〔英〕●S・バトラー『万人の道』〔英〕●ウェルズ『完成中の人類』〔英〕●ハーディ『覇王たち』（～〇八）〔英〕●ギッシング『ヘンリー・ライクロフトの私記』〔英〕●ドビュッシー交響詩《海》〔仏〕●**J＝A・ノー『敵なる力』**（第一回ゴンクール賞受賞）〔仏〕●ロマン・ロラン『ベートーヴェン』

〔仏〕●プレッツォリーニ、パピーニらが『レオナルド』創刊(〜〇七)〔伊〕●ダヌンツィオ『マイア』〔伊〕●A・マチャード『孤独』〔西〕●ヒメネス『哀しみのアリア』〔西〕●バリェ＝インクラン『ほの暗き庭』〔西〕●ペレス＝ガルドス『側近の魅惑』、『一八五四年七月革命』〔西〕●リルケ『ロダン論』(〜〇七)、『ヴォルプスヴェーデ』〔墺〕●ホフマンスタール『エレクトラ』〔墺〕●T・マン『トーニオ・クレーガー』〔独〕●デーメル『二人の人間』〔独〕●クラーゲス、表現学ゼミナールを創設〔独〕●ラキッチ『詩集』〔セルビア〕●ビョルンソン、ノーベル文学賞受賞〔ノルウェー〕●アイルランド国民劇場協会結成〔愛〕●永井荷風訳ゾラ『女優ナヽ』〔日〕

一九〇四年［六十一歳］

八月にアメリカに帰国。ニューイングランド地方、ニューヨーク、フィラデルフィア、シカゴ、セントルイス、サンフランシスコなどを旅する。十一月に無垢と知恵が織り成す名作『黄金の盃 *The Golden Bowl*』を出版する。

▼英仏協商〔英・仏〕▼日露戦争(〜〇五)〔露・日〕●ロンドン『海の狼』〔米〕●**コンラッド『ノストローモ』**〔英〕●L・ハーン『怪談』〔英〕●シング『海へ騎り行く人々』〔英〕●チェスタトン『新ナポレオン奇譚』〔英〕●ミストラル、ノーベル文学賞受賞〔仏〕●J＝A・ノー『青い昨日』〔仏〕●ロマン・ロラン『ジャン・クリストフ』(〜一二)〔仏〕●コレット『動物の七つの対話』〔仏〕●リルケ『神さまの話』〔墺〕●プッチーニ《蝶々夫人》〔伊〕●ダヌンツィオ『エレットラ』、『アルチヨーネ』、『ヨーリオの娘』〔伊〕●エチェガライ、ノーベル文学賞受賞〔西〕●バローハ『探索』、『雑草』、『赤い曙光』〔西〕●ヒメネス『遠い庭』〔西〕●ペレス＝ガルドス『オドンネル将軍』〔西〕●フォスラー『言語学における実証主義と観念主義』〔独〕●ヘッセ『ペーター・カー

メンツィント』〔独〕●S・ヴィスピャンスキ《十一月の夜》〔ポーランド〕●S・ジェロムスキ『灰』〔ポーランド〕●H・バング『ミケール』〔デンマーク〕●チェーホフ『桜の園』〔露〕

一九〇五年〔六十二歳〕

一月に第二十六代大統領セオドア・ルーズベルトがヘンリー・ジェイムズをホワイトハウスに招く。アメリカ芸術・文学アカデミー（American Academy of Arts and Letters）の会員に推される。十月に『イギリス紀行記 *English Hours*』を出版する。

▼ノルウェー、スウェーデンより分離独立〔北欧〕▼第一次ロシア革命〔露〕●ロンドン『階級戦争』〔米〕●キャザー『トロール・ガーデン』〔米〕●ウォートン『歓楽の家』〔米〕●バーナード・ショー《人と超人》初演〔英〕●チェスタトン『異端者の群れ』〔英〕●ウェルズ『キップス』、『近代のユートピア』〔英〕●E・M・フォースター『天使も踏むを恐れるところ』〔英〕●ベネット『五つの町の物語』、『都市の略奪品』〔英〕●H・R・ハガード『女王の復活』〔英〕●アインシュタイン、光量子仮説、ブラウン運動の理論、特殊相対性理論を提出〔スイス〕●ラミュ『アリーヌ』〔スイス〕●ブルクハルト『世界史的考察』〔スイス〕●クローチェ『純粋概念の科学としての論理学』〔伊〕●マリネッティ、ミラノで詩誌『ポエジーア』を創刊（〜〇九）〔伊〕●ダヌンツィオ『覆われたる灯』〔伊〕●アソリン『村々』、『ドンキホーテの通った道』〔西〕●ペレス＝ガルドス『テトゥアンの歌』、『ラピタのカルロス六世』、『カサンドラ』〔西〕●ガニベ『スペインの将来』〔西〕●ドールス『イシドロ・ノネルの死』〔西〕●リルケ『時禱詩集』〔墺〕●フロイト『性欲論三篇』〔墺〕●M・ヴェーバー『プロテスタンティズムの倫理と資本主義の精神』〔独〕●A・

ヴァールブルク、ハンブルクに〈ヴァールブルク文庫〉を創設〔独〕●ドレスデンにて〈ブリュッケ〉結成（〜一三）〔独〕●T・マン『フィオレンツァ』〔独〕●モルゲンシュテルン『絞首台の歌』〔独〕●シェンキェーヴィチ、ノーベル文学賞受賞〔ポーランド〕●ヘイデンスタム『フォルクング王家の系図』（〜〇七）〔スウェーデン〕●ルゴーネス『庭園の黄昏』〔アルゼンチン〕●夏目漱石『吾輩は猫である』〔日〕●上田敏訳詩集『海潮音』〔日〕

一九〇七年〔六十四歳〕

一月に随想『アメリカ印象記 *The American Scene*』が出版される。

▼英仏露三国協商成立〔欧〕▼第二回ハーグ平和会議〔欧〕●ロンドン『道』〔米〕●W・ジェイムズ『プラグマティズム』〔米〕●キップリング、ノーベル文学賞受賞〔英〕●コンラッド『密偵』〔英〕●シング《西の国のプレイボーイ》初演〔英〕●E・M・フォースター『ロンゲスト・ジャーニー』〔英〕●R・ヴァルザー『タンナー兄弟姉妹』〔スイス〕●グラッセ社設立〔仏〕●ベルクソン『創造的進化』〔仏〕●クローデル『東方の認識』、『詩法』〔仏〕●コレット『感傷的な隠れ住まい』〔仏〕●デュアメル『伝説、戦闘』〔仏〕●ピカソ《アヴィニヨンの娘たち》〔西〕●A・マチャード『孤独、回廊、その他の詩』〔西〕●バリェ゠インクラン『紋章の鷲』〔西〕●ペレス゠ガルドス『悲しき運命の女王』〔西〕●リルケ『新詩集』（〜〇八）〔墺〕●S・ゲオルゲ『第七の輪』〔独〕●レンジェル・メニヘールト《偉大な領主》上演〔ハンガリー〕●ストリンドバリ『青の書』（〜一二）〔スウェーデン〕●ペレツ『旧市場の夜』〔イディッシュ〕●アッシュ『復讐の神』〔イディッシュ〕●M・アスエラ『マリア・ルイサ』〔メキシコ〕●夏目漱石『文学論』〔日〕

一九〇八年［六十五歳］

三月に《高値 *The High Bid*》がエジンバラで上演される。

▼優生教育協会発足［英］▼ブルガリア独立宣言［ブルガリア］●フォードT型車登場［米］●ロンドン『鉄の踵』［米］●モンゴメリー『赤毛のアン』［カナダ］●F・M・フォード『イングリッシュ・レヴュー』創刊［英］●A・ベネット『老妻物語』［英］●チェスタトン『正統とは何か』、『木曜日の男』［英］●フォースター『眺めのいい部屋』［英］●ドビュッシー《子供の領分》［仏］●ラヴェル《マ・メール・ロワ》(～一〇)［仏］●ソレル『暴力論』［仏］●ガストン・ガリマール、ジッドと文学雑誌『NRF』(新フランス評論)を創刊(翌年、再出発)［仏］●J・ロマン『一体生活』［仏］●ラルボー『富裕な好事家の詩』［仏］●メーテルランク『青い鳥』［白］●プレッツォリーニ、文化・思想誌『ヴォーチェ』を創刊(～一六)［伊］●クローチェ『実践の哲学――経済学と倫理学』［伊］●バリェ＝インクラン『狼の歌』［西］●ヒメネス『孤独の響き』［西］●G・ミロー『流浪の民』［西］●ペレス＝ガルドス『国王不在のスペイン』［西］●シェーンベルク《弦楽四重奏曲第2番》(ウィーン初演)［墺］●K・クラウス『モラルと犯罪』［墺］●シュニッツラー『自由への道』［墺］●ヴォリンガー『抽象と感情移入』［独］●オイケン、ノーベル文学賞受賞［独］●S・ジェロムスキ『罪物語』［ポーランド］●バルトーク・ベーラ《弦楽四重奏曲第1番》［ハンガリー］●レンジェル・メニヘールト《感謝せる後継者》上演(ヴォジニッツ賞受賞)［ハンガリー］●ヘイデンスタム『スウェーデン人とその指導者たち』(～一〇)［スウェーデン］

一九〇九年［六十六歳］

十月に随想『イタリア紀行記 *Italian Hours*』が出版される。

▼モロッコで反乱、バルセロナでモロッコ戦争に反対するゼネスト拡大「悲劇の一週間」、軍による鎮圧［西］●F・L・ライト《ロビー邸》［米］●スタイン『三人の女』［米］●E・パウンド『仮面』［米］●ロンドン『マーティン・イーデン』［米］●ウィリアム・カーロス・ウィリアムズ『第一詩集』［米］●ウェルズ『アン・ヴェロニカの冒険』、『トノ・バンゲイ』［英］●G・ブラック《水差しとヴァイオリン》［仏］●ジッド『狭き門』［仏］●コレット『気ままな生娘』［仏］●マリネッティ、パリ『フィガロ』紙に『未来派宣言』（仏語）を発表［伊］●バローハ『向こう見ずなサラカイン』［西］●ペレス＝ガルドス『独立戦争』、『悲劇のスペイン』、『魔法にかかった紳士』［西］●リルケ『鎮魂歌』［墺］●カンディンスキーらミュンヘンにて〈新芸術家同盟〉結成［独］●T・マン『大公殿下』［独］●**レンジェル・メニヘールト**《**颱風**》上演［ハンガリー］●ラーゲルレーヴ、ノーベル文学賞受賞［スウェーデン］●ストリンドバリ『大街道』［スウェーデン］●セルゲイ・ディアギレフ、「バレエ・リュス」旗揚げ［露］●ペレツ『黄金の鎖』［イディッシュ］●ベルゲルソン『鉄道駅』［イディッシュ］●M・アスエラ『毒草』［メキシコ］

一九一〇年［六十七歳］

八月に自律神経失調症に悩み、不定愁訴を有したまま兄ウィリアムと共にアメリカに帰国する。十月に『細粒 *The Finer Grain*』を出版する。

▼エドワード七世歿、ジョージ五世即位［英］▼ポルトガル革命［ポルトガル］▼メキシコ革命［メキシコ］▼大逆事件［日］●バーネット『秘密の花園』［米］●ロンドン『革命、その他の評論』［米］●ロンドンで〈マネと印象派展〉開催（R・フライ企画）［英］●ラッセル、ホワイトヘッド『プリンキピア・マテマティカ』（〜一三）［英］●E・M・フォースター『ハワーズ・エンド』［英］●A・ベネット『クレイハンガー』［英］●**ウェルズ**『ポリー氏』、『〈**眠れる者**〉**目覚める**』［英］●ペギー『ジャンヌ・ダルクの愛徳の聖史劇』［仏］●ルーセル『アフリカの印象』［仏］●アポリネール『異端教祖株式会社』［仏］●クローデル『五大賛歌』［仏］●ボッチョーニほか『絵画宣言』［伊］●ダヌンツィオ『可なり哉、不可なり哉』［伊］●G・ミロー『墓地の桜桃』［西］●ペレス＝ガルドス『アマデオ一世』［西］●K・クラウス『万里の長城』［墺］●リルケ『マルテの手記』［墺］●H・ワルデン、ベルリンにて文芸・美術雑誌『シュトルム』を創刊（〜三二）［独］●ハイゼ、ノーベル文学賞受賞［独］●クラーゲス『性格学の基礎』［独］●モルゲンシュテルン『パルムシュトレーム』［独］●ルカーチ・ジェルジ『魂と形式』［ハンガリー］●ヌシッチ『世界漫遊記』［セルビア］●フレーブニコフら〈立体未来派〉結成［露］●ベルゲルソン『地上から空遠く』［イディッシュ］●谷崎潤一郎『刺青』［日］

一九一一年［六十八歳］

八月にイギリスに戻る。十月に長編小説『激しい抗議 *The Outcry*』を出版する。

▼イタリア・トルコ戦争（〜一二）［伊・土］●ロンドン『スナーク号航海記』［米］●ドライサー『ジェニー・ゲアハート』［米］●ウェルズ『ニュー・マキャベリ』［英］●A・ベネット『ヒルダ・レスウェイズ』［英］●コンラッド『西欧の目の下に』［英］●チェスタトン『ブラウン神父物語』（〜三五）［英］●ビアボーム『ズーレイカ・ドブスン』［英］●N・ダグラス『セイレーン・

ランド』［英］●ロマン・ロラン『トルストイ』［仏］●J・ロマン『ある男の死』［仏］●ジャリ『フォーストロール博士の言行録』［仏］●ラルボー『フェルミナ・マルケス』［仏］●メーテルランク、ノーベル文学賞受賞［白］●プラテッラ『音楽宣言』［伊］●ダヌンツィオ『聖セバスティアンの殉教』［伊］●バッケッリ『ルドヴィーコ・クローの不思議の糸』［伊］●バローハ『知恵の木』［西］●ペレス＝ガルドス『第一共和政』、『カルタヘーナからサグントへ』［西］●S・ツヴァイク『最初の体験』［墺］●ホフマンスタール『イェーダーマン』、『ばらの騎士』［墺］●**M・ブロート『ユダヤ人の女たち』**［独］●フッサール『厳密な学としての哲学』［独］●ウンセット『イェンニー』［ノルウェー］●セヴェリャーニンら〈自我未来派〉結成［露］●アレクセイ・N・トルストイ『変わり者たち』［露］●A・レイェス『美学的諸問題』［メキシコ］●M・アスエラ『マデーロ派、アンドレス・ペレス』［メキシコ］●西田幾多郎『善の研究』［日］●青鞜社結成［日］●島村抱月訳イプセン『人形の家』［日］

一九一二年［六十九歳］

六月にオックスフォード大学より名誉博士の学位を受ける。免疫機能低下により帯状疱疹を発症する。

▼ウィルソン、大統領選勝利［米］▼タイタニック号沈没［英］▼中華民国成立［中］●キャザー『アレグザンダーの橋』［米］●W・ジェイムズ『根本的経験論』［米］●ロンドンで〈第二回ポスト印象派展〉開催（R・フライ企画）［英］●コンラッド『運命』［英］●D・H・ロレンス『侵入者』［英］●ストレイチー『フランス文学道しるべ』［英］●ユング『変容の象徴』［スイス］●サンドラール『ニューヨークの復活祭』［スイス］●デュシャン《階段を降りる裸体、No・2》［仏］●ラヴェル《ダフニスとクロエ》［仏］●フランス『神々は渇く』［仏］●リヴィエール『エチュード』［仏］●クローデル『マリアへのお告げ』［仏］●ボッチョーニ

『彫刻宣言』〔伊〕●マリネッティ『文学技術宣言』〔伊〕●ダヌンツィオ『ピザネル』、『死の瞑想』〔伊〕●チェッキ『ジョヴァンニ・パスコリの詩』〔伊〕●A・マチャード『カスティーリャの野』〔西〕●アソリン『カスティーリャ』〔西〕●バリェ=インクラン『勲の声』〔西〕●ペレス=ガルドス『カノバス』〔西〕●シュンペーター『経済発展の理論』〔墺〕●シェーンベルク《月に憑かれたピエロ》〔墺〕●シュニッツラー『ベルンハルディ教授』〔墺〕●カンディンスキー、マルクらミュンヘンにて第二回〈青騎士〉展開催(〜一三)、年刊誌『青騎士』発行(一号のみ)〔独〕●G・ハウプトマン、ノーベル文学賞受賞〔独〕●T・マン『ヴェネツィア客死』〔独〕●**M・ブロート『アーノルト・ベーア』**〔独〕●ラキッチ『新詩集』〔セルビア〕●アレクセイ・N・トルストイ『足の不自由な公爵』〔露〕●ウイドブロ『魂のこだま』〔チリ〕●石川啄木『悲しき玩具』〔日〕

一九一三年〔七十歳〕

古希祝いとしてアメリカ人画家ジョン・シンガー・サージェントより自身の肖像画を贈られる。

▼第二次バルカン戦争(〜八月)〔欧〕▼ベイリス裁判〔露〕▼マデーロ大統領、暗殺される〔メキシコ〕●ニューヨーク、グランドセントラル駅竣工〔米〕●ロンドン『ジョン・バーリコーン』〔米〕●キャザー『おゝ開拓者よ!』〔米〕●ウォートン『国の慣習』〔米〕●フロスト『第一詩集』〔米〕●ショー《ピグマリオン》(ウィーン初演)〔英〕●ロレンス『息子と恋人』〔英〕●G・ブラック《クラリネット》〔仏〕●リヴィエール『冒険小説論』〔仏〕●J・ロマン『仲間』〔仏〕●マルタン・デュ・ガール『ジャン・バロワ』〔仏〕●アラン=フルニエ『モーヌの大将』〔仏〕●プルースト『失われた時を求めて』(〜二七)〔仏〕●アポリネール『アルコール』、『キュビスムの画家たち』〔仏〕●ラルボー『A・O・バルナブース全集』〔仏〕●サンドラール「シベリア鉄道とフランス少女

ジャンヌの散文』(『全世界より』)〔スイス〕●ラミュ『サミュエル・ブレの生涯』〔スイス〕●ルッソロ『騒音芸術』〔伊〕●パピーニ、ソッフィチと『ラチェルバ』を創刊(〜一五)〔伊〕●アソリン『古典作家と現代作家』〔西〕●バローハ『ある活動家の回想記』(〜三五)〔西〕●バリェ＝インクラン『侯爵夫人ロサリンダ』〔西〕●シュニッツラー『ベアーテ夫人とその息子』〔墺〕●クラーゲス『表現運動と造形力』、『人間と大地』〔独〕●ヤスパース『精神病理学総論』〔独〕●フッサール『イデーン』(第一巻)〔独〕●フォスラー『言語発展に反映したフランス文化』〔独〕●カフカ『観察』、『火夫』、『判決』〔独〕●デーブリーン『タンポポ殺し』〔独〕●トラークル『詩集』〔独〕●シェーアバルト『小惑星物語』〔独〕●ルカーチ・ジェルジ『美的文化』〔ハンガリー〕●ストラヴィンスキー《春の祭典》(パリ初演)〔露〕●シェルシェネーヴィチ、未来派グループ〈詩の中二階〉を創始〔露〕●マンデリシターム『石』〔露〕●マヤコフスキー『ウラジーミル・マヤコフスキー』〔露〕●**ベールイ『ペテルブルグ』**(〜一四)〔露〕●ベルゲルソン『すべての終わり』〔イディッシュ〕●デル・ニステル『歌と祈り』〔イディッシュ〕●ウイドブロ『夜の歌』、『沈黙の洞窟』〔チリ〕●タゴール、ノーベル文学賞受賞〔印〕

一九一四年〔七十一歳〕

三月に『息子と弟の覚書 *Notes of a Son and Brother*』を出版する。七月二十八日に第一次世界大戦が勃発。十月に『小説家たちに纏わる覚書 *Notes on Novelists*』を出版する。

▼サライェヴォ事件、第一次世界大戦勃発(〜一八)〔欧〕▼大戦への不参加表明〔西〕●E・R・バローズ『類猿人ターザン』〔米〕●スタイン『やさしいボタン』〔米〕●ノリス『ヴァンドーヴァーと野獣』〔米〕●ヴォーティシズム機関誌『ブラスト』、

『ニュー・リパブリック』、『リトル・レビュー』創刊〔英〕●スタイン『やさしいボタン』〔米〕●ウェルズ『解放された世界』〔英〕●**ラミュ『詩人の訪れ』**、**『存在理由』**〔スイス〕●ラヴェル《クープランの墓》〔仏〕●J＝A・ノー『かもめを追って』〔仏〕●ジッド『法王庁の抜け穴』〔仏〕●ルーセル『ロクス・ソルス』〔仏〕●ブールジェ『真昼の悪魔』〔仏〕●サンテリーア『建築宣言』〔伊〕●オルテガ・イ・ガセー『ドン・キホーテをめぐる省察』〔西〕●ヒメネス『プラテロとわたし』〔西〕●ゴメス・デ・ラ・セルナ『グレゲリーアス』、『あり得ない博士』〔西〕●ベッヒャー『滅亡と勝利』〔独〕●ジョイス『ダブリンの市民』〔愛〕●ウイドブロ『秘密の仏塔』〔チリ〕●ガルベス『模範的な女教師』〔アルゼンチン〕●夏目漱石『こころ』〔日〕

一九一五年〔七十二歳〕

十二月頃から脳梗塞の前兆となる症状が現れる。

▼ルシタニア号事件〔欧〕▼三国同盟破棄〔伊〕●セシル・B・デミル『カルメン』〔米〕●グリフィス『国民の創生』〔米〕●キャザー『ヒバリのうた』〔米〕●D・H・ロレンス『虹』（ただちに発禁処分に）〔英〕●コンラッド『勝利』〔英〕●V・ウルフ『船出』〔英〕●モーム『人間の絆』〔英〕●F・フォード『善良な兵士』〔英〕●N・ダグラス『オールド・カラブリア』〔英〕●ロマン・ロラン、ノーベル文学賞受賞〔仏〕●ルヴェルディ『散文詩集』〔仏〕●ヴェルフリン『美術史の基礎概念』〔スイス〕●アソリン『古典の周辺』〔西〕●ペレス＝ガルドス『シモーナ尼』〔西〕●カフカ『変身』〔独〕●デーブリーン『ヴァン・ルンの三つの跳躍』（クライスト賞、フォンターネ賞受賞）〔独〕●T・マン『フリードリヒと大同盟』〔独〕●クラーゲス『精神と生命』〔独〕●ヤコブソン、ボガトゥイリョーフら〈モスクワ言語学サークル〉を結成（～二四）〔露〕●グスマン『メキシコの抗争』〔メキシコ〕●グイラルデス『死

と血の物語』、『水晶の鈴』〔アルゼンチン〕●芥川龍之介『羅生門』〔日〕

一九一六年

二月二十八日に死去する。享年七十二。葬儀はチェルシー・オールド・チャーチで執り行われ、その後、彼の遺骨はマサチューセッツ州のケンブリッジ市の墓地に埋葬された。

▼スパルタクス団結成〔独〕●グリフィス『イントレランス』〔米〕●S・アンダーソン『ウィンディ・マクファーソンの息子』〔米〕●O・ハックスリー『燃える車』〔英〕●ゴールズワージー『林檎の樹』〔英〕●A・ベネット『この二人』〔英〕●ユング『無意識の心理学』〔スイス〕●サンドラール『リュクサンブール公園での戦争』〔スイス〕●文芸誌『シック』創刊（〜一九）〔仏〕●バルビュス『砲火』〔仏〕●ダヌンツィオ『夜想譜』〔伊〕●ウンガレッティ『埋もれた港』〔伊〕●パルド＝バサン、マドリード中央大学教授に就任〔西〕●文芸誌『セルバンテス』創刊（〜二〇）〔西〕●バリェ＝インクラン『不思議なランプ』〔西〕●G・ミロー『キリスト受難模様』〔西〕●アインシュタイン『一般相対性理論の基礎』を発表〔墺〕●クラーゲス『筆跡と性格』、『人格の概念』〔独〕●カフカ『判決』〔独〕●ルカーチ・ジェルジ『小説の理論』〔ハンガリー〕●レンジェル・メニヘールト、パントマイム劇「中国の不思議な役人」発表〔ハンガリー〕●ヘイデンスタム、ノーベル文学賞受賞〔スウェーデン〕●ジョイス『若い芸術家の肖像』〔愛〕●ペテルブルクで〈オポヤーズ〉（詩的言語研究会）設立〔露〕●M・アスエラ『虐げられし人々』〔メキシコ〕●ウイドブロ、ブエノスアイレスで創造主義宣言〔チリ〕●ガルベス『形而上的悪』〔アルゼンチン〕

訳者解題

さまよえる文豪ヘンリー・ジェイムズとは

孤高の魂の光を放つ小説家ヘンリー・ジェイムズ（Henry James 一八四三－一九一六）はニューヨークに生まれる。父親は神学思想に傾倒し、一歳年上の実兄ウィリアム・ジェイムズは哲学者・心理学者として一世を風靡した斯界の泰斗である。ヘンリー・ジェイムズは長じてハーヴァード大学のロースクールに学び、その後に深い交友関係を結んでいたアメリカの小説家・文芸批評家のウィリアム・ディーン・ハウエルズの影響もあって、短編小説や批評などを書き始めた。彼ならではの独創性が如何なく発揮された物語として衆目を集めたのは、本書に収めた名作短編「デイジー・ミラー」をはじめとして、古きヨーロッパの風俗・風習に根ざした意欲作『情熱の巡礼』、そして十九世紀の貴族社会における若き女性の自由と苦難の変遷を壮大なスペクタクルで描く『ある貴婦人の肖像』

などに代表される、いわば複雑な心情・心理に彩られた細緻な描写を曖昧にしない作品群である。

彼はパリ滞在中にフランスの著名な小説家エミール・ゾラ、アルフォンス・ドーデ、フローベールらの知己を得る。ジェイムズが敬愛するこうした文豪たちと交わした濃密な語らいは、彼の豊かな文学的感性と創造力の涵養に繋がる原動力となったに相違ない。その後はロンドンを主な創作の場として、四人の男女の情愛が激しく絡み合う恋愛模様と芸術家の倦怠と懊悩を描いた最初の長編小説『ロデリック・ハドソン』を発表している。これは渋みのある重厚な語り口でヨーロッパの風俗に対する思慕と郷愁を謳ったものだが、主人公の複雑な心情をめぐる絶妙な描写や一貫した優雅な筆致でいきなり読者を虜にする快作となった。若い天才彫刻家ロデリック、その才能に目を付けた裕福な家庭環境で生まれ育ったローランド、そして傾城の美女クリスチーナと純真素朴なメアリの動きが微妙に絡んで悲劇性を高めてゆくこの物語の秀逸な筋立てにも深い感動を覚える。

本書に付した年譜にその一端を窺い知ることができるだろうが、彼はその他の注目作品として『ねじの回転』、『ボストニアンズ』、『ワシントン・スクウェア』などの精彩を放つ力作を世に出した。まず中編小説『ねじの回転』だが、これは一八九八年に発表されたもので、ミステリー小説というよりも暗く寒々しい印象の古い屋敷に纏わる事象や幽霊が跋扈するゴシック小説の系譜に連なる作品である。複数の批評家からは恐怖・怪奇小説の源流とも言われ、人間の繊細な心理を緻密に描く小説として知られる。若く可憐な女性は田舎の屋敷に住む兄と妹を教える住み込み家庭教師。その前任者はすでに亡くなっている。屋敷で不可解な現象を見たことで兄妹との関係がたちまち一変するが、果たしてその後の展開や如何に。次の長編作品『ボストニアンズ』は、初期の女性解放運動の模様の一端が描かれ、その運動をめぐりオリーヴとヴェリーナの微妙な関係が伏線を成して教育的意義を問い直そうとする物語である。初期の佳作『ワシントン・スクウェア』は、ニューヨークのワシントン・スクエアを舞台にして、父親からあまり好ましい評価を得ることができない娘のキャサリンと手練手管を駆使して彼女を惑わす美貌な男性モリスという名の求婚者をめぐる物語で、敏感で繊細な人間の心理を巧みにつく。

本書には国際的なテーマを扱った「デイジー・ミラー」に芸術系の部類に属す秀作「ほんもの」を併録した。この二つの作品を通して、読者にはジェイムズ文学が標榜する異質の妙味を感じながら、その文学世界の深みを味わって頂きたい。

アメリカ・ロマン派の巨匠ナサニエル・ホーソーンへの眼差し

ジェイムズは批評家としての視点からも秀逸な評論を書き残している。《英国作家評伝双書 *English Men of Letters*》に含まれる評伝『ホーソーン論 *Hawthorne*』(一八七九)がそれである。ちなみに、彼は十九世紀アメリカのロマン派の文壇を席巻した文豪ナサニエル・ホーソーンの文学に対して極めて親和的なスタンスを崩すことはなかったが、ホーソーンのイギリス滞在記とも言える珠玉の随想『われらの故郷 *Our Old Home*』（一八六三）について、「これは傍観者的な立場から綴った作品だ」と評している。興味をもって深読みすれば、それはイギリスに対する文化的な有意義性を十分に把握しきれていなかったホーソーンの脆弱で、あまりに回顧的な事由によるものなのか。確かに父親の影響もあってか、先にも触れたようにヘンリー・ジェイムズの文学にはヨーロッパ伝統文化の神髄に閃きを感じるが如く、憧憬に満ちた傾倒の匂いが隅々まで漂う。そのような事象と対比して、彼はアメリカ文化に対する落胆の思いを上記の『ホーソーン論』の中で次のように述べている。すなわち、「無い無い尽くしのアメリカ文化」と正面切って揶揄した上で、「国家君主も存在しない。宮廷もない。人には忠誠心もない。貴族制度もない」と、冷徹に言い放つ。その意味では、ヘンリー・ジェイムズの名作『情熱の巡礼』とホーソーンの『われらの故郷』における対比描写の考察は意義深いことだと考える。なにしろ、ヘンリー・ジェイムズはある種の高揚感に煽り立てられると、アンビバレントな感情を抱く作家なのだ。すなわち、ヨーロッパとアメリカの間に身を置いたジェイムズには、不条理を装うアンビバレントや得体の知れない感情を正確に捉えようと苦悶する姿が窺えるからである。

ジェイムズはホーソーンが充実度の高い創作活動を繰り広げたニューイングランド地方の文化的な風土に強い関心を示した。それは膨大な量に及ぶホーソーンの『手記』の類いを精緻に読み込んで分析した結果である。ジェイムズが躊躇なく評論（Critical Essay）と位置付けた『ホーソーン論』。

彼はその中で「そもそも芸術という花は深く堆積した土壌のみで開花するもの」と述べて、そのような地にはホーソーン文学の陰鬱さを正当化しようとする不思議な力や大地に宿る文学の精霊でも潜んでいるのではないだろうかと己の直感を信じて自論を結ぶ。他方、二十世紀最大の詩人と目されるW・H・オーデンが絶賛したジェイムズの『アメリカ印象記 *The American Scene*』(一九〇七)は、あまりに晦渋な表現が多くて辟易するが、それとは別にジェイムズがあくまで個人的な感情を抑制しつつも古典的なアメリカ論を披歴した名著である。そこで詳細に語られているのは、やはりニューイングランド地方のコンコードとセイラムにかかわる史的背景や諸事象なのだ。彼はコンコードの街を敢えてゲーテ、シラー、リスト、ウィーラント、ヘルダーなどの傑物を生んだドイツ・ワイマールに因んで「アメリカのワイマール」と呼んだ。たしかに、ホーソーンが住んだ文人村とも称されるコンコードには超絶主義思想を標榜する哲人ラルフ・ウォルド・エマソン(一八〇三―八二)、『ウォールデン――森の生活』を書いたヘンリー・デイヴィッド・ソロー(一八一七―六二)、そして名著『若草物語』で一世を風靡したルイザ・メイ・オルコット(一八三二―八八)らの香しい文学が百花繚乱の様相を呈していた。どうやらコンコードの生彩豊かな風物はジェイムズを法悦の境地へと誘ったようだ。なるほどその風雅さは格別で、それはホーソーンの名随想『わが旧牧師館への小径 *The Old Manse*』の中の流麗な一節が如実に物語っている。

コンコード川は小森の奥深い秘境や、もっとも奥まった所を縫って、やさしく流れる。静かにと囁く小森に対して、川の流れも川岸から囁き返し、まるで川や小森がお互いに宥め合うかのような風情を醸し出している。そうだ、この川は流路に沿って眠るように流れ、川面は空や密集した簇葉の夢を見ているのである。その簇葉の中に陽の光が乱れ射すと、鮮やかな葉の緑がくっきりと浮かび上がる。すると、そこに生彩豊かな輝きが添えられるのである。すなわち、まどろむ流れは川面に没したすべての光景の夢想に耽っていると言える。結局、どちらが真実の姿を表しているのか－川面に映った光景なのか、それとも実際の姿なのか－つまり人間の感覚でも捉えることのできる対象なのか、静かな川に映った神格化した姿なのか。〔…〕まもなく外の世界は荒涼とした冬枯れの厳格さを装う。十月の朝になると草や塀の上に霜が厚く降りる。そして陽が昇ると葉は風もないのにトネリコの並木道に連なる木々の枝から、それ自身の重さに耐えかねて静かに舞い落ちる。夏の間中、木の葉は小川のせせらぎのように囁いていた。枝が雷を伴った突風と揉み合っている間中、葉はまさに咆哮するような音を立てながら吹き荒れていた。木々の葉は歓喜と厳粛な音楽を奏でていた。交錯する枝のアーチの下を歩く時、頭上の葉は心安らぐような静かな音で私〔ホーソーン〕の気持ちを不思議に穏やかにさせた

（拙訳書『わが旧牧師館への小径』四四頁、五四－五五頁）

この種の文芸評論は対象の本質を捉え、たしかな知見と見識が伴わないと深遠な魅力を放つものは書けない。その意味では、ジェイムズが書いたホーソーン論は人物的な色彩が濃厚で味わい深い読みごたえ抜群の書であると言える。

マサチューセッツ州コンコードの歴史と風景

先にも触れたように、ジェイムズが『アメリカ印象記』の中で叙述した地域はニューイングランド、ボストン、ニューヨーク、ニューポート、チャールストンの他に、最も精力的に取り組んでさまざまな事柄と風物を描写した地域といえば、それは紛れもなくコンコードとセイラムであろう。その背景にはホーソーンへの主観的な眼差しが強かったことに由来すると思われる。ちなみに、コンコードはホーソーンの主たる創作の地であり、セイラムはホーソーンの生誕の地である。コンコードの街は古い伝統に反映された地域特性を表現して、その独自の価値観や文化を形成している。そのような風土の中で、いかにして多くの文学作品が産出されたのか、あるいはこの文豪の表現行為と地域文化がどのようにかかわり合っているのかを深く究明したかったのだろうか。ジェイムズは同書の中で「作家の創作活動を促進させるには、複雑化した社会機構が必要である」と主張する。「複雑化した社会機構」という概念を考慮すれば、果たしてホーソーンの創作活動はどのように拡大されていったのか。ジェイムズが『アメリカ印象記』の中で描出したコンコードは次のような歴史的な風致を形成しながら時代と共にさまざまな変遷を遂げてきたのだ。

マサチューセッツ州ボストンの北西およそ三〇キロに位置するコンコードの街にやって来たピューリタンたちは、一六二〇年十一月十一日（旧暦、新暦によって月日に差異がある）にメイフラワー号でコッド岬の先端に到着した後、十二月十六日にニューイングランドのプリマスに上陸した《ピルグリム・ファーザーズ》と呼ばれたウィリアム・ブラッドフォード（一五九〇－一六五七）を指導者とする一団の一部であった。そして入植後十五年の歳月を経た一六三五年に正式にコンコードは建設されたのである。その建設に尽力したエドワード・ジョンソン（一五九八－一六七二）は、当時の模様を次のように述懐した。

> マサチューセッツ湾の北西の地に住むインディアンたちにいろいろ問いただした末、キャプテン・サイモン・ウィラードなる人物が、その仕事柄インディアンと親交が深かったので、このコンコードの街の建設を指導するように任せられた。インディアンから土地を買い取った後、彼らは道なき道を進み、沼沢を渡るなどの苦労を重ねて、適当な土地を捜し求めたのであった。時には濃い茂みを手でかき分けながらやっとのことで通ることができるほどであったし、また絡みあった木々を這い登るようにして進んだこともあった。だが一歩踏み外すと底知れぬ流れに落ちこむといった具合である。膝まで沈む沼地を進む時などは、一歩ごとに体がつんのめり

になったり、沈みかけたりしたものである

（『ニューイングランドにおける大いなる摂理』）

このようにコンコードのピューリタンたちは生活基盤を固めて定着すると、スクウォー・ソキム、タハタワン、ニムロドといったいろんな部族のインディアンたちから毛皮を買うなどして親睦を深めていった。それゆえに両者間では何一つ特別な衝突もなく極めて平和的に土地の売買も成立していたのである。コンコードとは《協調》(ピューリタンたちとインディアンとの間の平和的条約は、コンコードの街の中心部にある広場の《ジェスロの木》と呼称される大樹の下で締結されたと言われている）を意味し、街の名称はこれに由来する。とはいうもののインディアンとの友好的関係は永続的なものとはならず、南北戦争後は土地をインディアンに私有地として割り当て自営農民化させようとする対インディアン政策のドーズ法の制定により、インディアン固有の文化が破壊されていくという歴史を有しなければならなかった。

独立戦争の発端となったレキシントン・コンコードの戦い

コンコードの街は、かつて独立戦争の舞台になったことでも夙に有名な喧噪を離れた界隈である。ホーソーンの随想『わが旧牧師館への小径』の中にも描写されているように、当地には静謐なコンコード川がたゆたう。そこに架かるオールド・ノースブリッジを挟んでイギリス軍と《ミニットメン》と呼ばれた地域農民の義勇兵との間に武力衝突が起こったのは一七七五年四月十九日のことだ。当時、その近くの旧牧師館に住んでいた哲人ラルフ・ウォルド・エマソンの祖父ウィリアム・エマソン牧師（一七四三－七六）は、この様子を次のように日記に綴っている。

今朝一時頃、イギリス軍の進攻を告げる鐘が街中に鳴り響いたので私たち住民は警戒態勢をとった。やがて八百名に及ぶイギリス兵のボストン・コモンからの歩武が認められた。

（『ウィリアム・エマソンの日記と書簡』）

そもそも独立戦争へのきっかけは、フレンチ・インディアン戦争後まもなく西部への膨張とインディアン問題を解決する名目で一七六三年に布告されたイギリス政府による《西部政策》に始まる。これにより暫定的ではあるがアレガニー山脈以西への移住が禁止された。次いで諸条令による圧力として、翌年の金融引締策を植民地に適用し、紙幣発行を禁止した通貨条令（一七六四）、そして糖蜜に課税した砂糖条令（一七六四）などをやつぎばやにイギリス政府は押し付けてきたのである。なかでも、一七六五年に新聞、広告、パンフレット、商業上の証書等に印紙を貼ることを命じた印紙条令（一七六五）は、あまりに圧政的な性格を帯びていたために植民地の激烈な対イギリス抵抗を招く結果となった。

このような状況を反映して、植民地での自治意識は高まり、各地ではタウン・ミーティングが開かれるなど、青年層を中心に《自由の息子たち》等の急進的な組織が形成されていった。独立への気運をさらに高めたのは一七七〇年三月五日、ボストンの旧州会議事堂のすぐ東に位置する場でイギリス駐屯軍と群集が衝突し、五人の市民が殺された〈ボストン虐殺事件〉、一七七三年十二月十六日夜、ジョン・ハンコック（一七三七－九三）、サムエル・アダムス（一七二二－一八〇三）らを中心とする急進派がインディアンに変装して、ボストン港に停泊中の三隻の貨物船の中にもぐり込み、積まれていた茶箱三百四十二個、約九万ドルの茶を海中に投げ捨てた、《ボストン茶会事件》などであった。やがて、これらの事件が革命の烽火となり、《レキシントン・コンコードの戦い》の火ぶたが切って落とされることになる。

十九世紀を生き抜いたコンコードの文人たち

ジェイムズが『アメリカ印象記』の中で詳述しているように、多くの文人たちがコンコードの街に住居を構えて芳香を放つ作品を多産した。いわゆる後に十九世紀の《ニューイングランド文学の花盛り》と世間で広くもてはやされたアメリカ文学のロマン派時代の幕開けである。繰り返しになるが、このような風潮を背景に文学活動を展開したのは超絶主義思想を主唱したR・W・エマソン、『ウォールデン』（一八五四）を著したH・D・ソロー、『若草物語』（一八六八）の著者L・M・オルコット、そしてナサニエル・ホーソーンといったニューイングランドの傑出した文人たちであった。

コンコードのモニュメント通りのオールド・ノースブリッジ沿いにある旧牧師館はラルフ・ウォルド・エマソンの祖父ウィリアム・エマソン牧師が一七七〇年四月十六日にデイヴィッド・ブラウン（コンコードの〈ミニットメン〉の指揮官）から権利を委譲されて同年に建てた由緒ある邸宅である。ウィリアム・エマソン以後も多くの牧師たちがそこに住み、清く尊い歴史を重ねて重厚な趣を添えていった。

聖職者たちの神聖な歴史の記憶に支えられた旧牧師館に一八四二年七月九日に移り住んだナサニエル・ホーソーンとその妻ソファイアは「生涯で最も幸福な時期であった」と吐露するほど満ちたりた三年間の新婚生活を過ごしている。彼は土地の感触や周囲の自然を克明に観察することを日々の楽しみのひとつとしていた。コンコードの美しい自然と時の文人たちとの交遊は『わが旧牧師館への小径』の中で、独特の叙情的な言葉で綴られている。

ホーソーンはコンコードの旧牧師館での生活を経て故郷セイラムに戻り、一八五〇年に出版した名作『緋文字』で自己の抱懐する宗教観、道徳観を特異な文学手法で浮きぼりにしながら十九世紀のアメリカ文学界を席捲した。またコンコードの外れのウォールデン池畔の辺りに自らの小屋を建て、思索と労働の日々を過ごしたヘンリー・デイヴィッド・ソローは、当時の急速な物質文明に対して批判的な見解を堅持した。つまり彼は当時すでにコンコードをはじめとするアメリカ東部に蔓延しつつあった商業主義的な文明の虚飾を振り払って人生の根本的な意義や事象の本質を模索しようとしたのである。この精神はエマソンの主唱する超絶主義思想から派生したものである。ソローはウォールデンでの生活から自然のエネルギーを吸収しながら、個人の自由と権利を無視した不法な干渉と社会の圧力に対して確固たる信念をもって抵抗した。その姿勢は一八四九年五月に社会改革論文「市民政府への抵抗」の中に表明されている。その意義は時代と国を越えて、ガンジーやキング牧師といった政治的な指導者たちの思想的な中核理念の原典ともなったのである。

このように十九世紀のコンコードは周囲の産業主流の影響を受けていたものの、ホーソーン、エマソン、ソロー、オルコットといった文人たちを中心に個人の自由、権利の尊厳が叫ばれていた時代でもあった。彼らにとってコンコードは、紛れもなく生命力に溢れ、新しい展望と活路を見出す条件に恵まれた土地であったと言えるだろう。

マサチューセッツ州セイラムの歴史と風景

ジェイムズは『アメリカ印象記』の中で、さらにセイラムを軸に創作活躍を展開していたホーソーンの姿を追う。彼はホーソーンの生誕地セイラムの原風景に思いを馳せながら、その活動の初期段階の特性に迫る。ジェイムズはホーソーンの『緋文字』の序文に置かれた「税関」、ホーソーンの生家、そして夕暮れに映える「七破風の屋敷」を訪れた。その時の感動は一入だったものの、たとえば小説の中で描かれる「七破風の屋敷」とは異なり、海辺付近に建つ実際の「七破風の屋敷」の建築様式には若干の違和感を覚えると、そこはかとなく錯綜した感情を抱きながら叙述している。また散策の折にジェイムズの目に映ったのは、一部にイギリス風の秀逸な建築様式を特徴づけるセイラムの美しい景観だったが、一方で貧弱な路地空間に関してはとても繊細な筆致によって描出している。ジェイムズはそんなアンビバレントな印象を交差させながら、この文豪がやがて世評を得ることになる数々のロマンス小説へと繋がる萌芽を探ろうと、その文学の陰に隠れる地域文化との関係を精緻に跡づけた。

メイフラワー号でアメリカ東部のプリマスに上陸した百二名のピューリタンたちのうち三十名ほどの分離派集団は、一六二六年にロジャー・コナント（一五九二―一六七九）に率いられてセイラム（旧約聖書の「創世記」に登場する土地名で、ヘブライ語で〈平和の地〉という意味）に入植した。ここはかつて先住民たちによって《ナウムケアグ》（魚のとれる場所の意味）と呼ばれていた風光明媚な土地であった。このように先住インディアンたちの文化と相俟って創り上げられたセイラムの歴史には重層的な要素が混在している。

次いで一六二八年九月六日に、ジョン・エンディコット（一五八九―一六六五）に率いられた五十人余りのピューリタンたちが、アビゲイル号に乗ってセイラムに入植した。彼らは、農地を開墾し先住インディアンたちとの様々な交易で生計を立てながら新しい時代への飛躍を渇望していたのである。やがて、入植者たちの人口増加に伴い自治の意識が高まると、神政政治という形態のもとにセイラム一帯は堅調な成長を遂げた。この時代のセイラムは、植民地支配の中で普遍性に富んだ理想を目指しつつ近代化の波を敏感に感じ取っていたのである。

一六三〇年に植民地の総督としてセイラムにやって来たジョン・ウィンスロップ（一五八八－一六四九）は、農地改革に加えて海岸沿いの整備を順次行い、多角的な産業の充実に向けて良質な生活文化の創出に努めた。このような動きは美しく機能的な構造をもつ入江と豊富な魚群に恵まれたセイラムの地理的な利点を活用した海運業へと発展した。

海運業の発達

それ以前、セイラムの近海域では豊富にとれる鱈漁業（漁師からは〈聖なる鱈〉と呼ばれ、経済的な糧であった）が盛んであったが、さらに市場拡大によって経済的基盤を安定するために、海外貿易を主流とする《三角貿易》が行われるようになる。つまり、西インド諸島から砂糖などを輸入して、それを原材料にして造ったラム酒などの酒類をアフリカ西海岸に輸出することで黒人奴隷を連れてくるという貿易形態である。こうした貿易を含む海運業は十八世紀に盛況を迎えた。やがてセイラムは《アメリカのベニス》と、もてはやされるまでに発展したのである。だが、ヨーロッパまで拡大したセイラムの海運業は、フレンチ・インディアン戦争（一七五四－六三）を契機に有為転変の歴史を刻むことになる。

他方、当時横行していたイギリス船舶の拿捕によって巨万の富を得たセイラム出身の人物がいる。アメリカ最初の百万長者として歴史にその名をとどめているエリアス・ハスケット・ダービー（一七三九–九九）がそれである。彼は合法的に拿捕したイギリス船舶を競売にかけて、巨万の富を築きあげた。間もなくして彼はインドや中国などをはじめとした東洋貿易に転じ、陶器や貴重な古美術品などを持ち帰り東洋文化の移入を積極的に推進するなどして、いわば時代の寵児としてカリスマ的な存在として脚光を浴びた。因みに、日本にもペリー来航以前の一七九九年にセイラムの商人たちを乗せたフランクリン号がやって来て、長崎でこの種の交易を行っている。続いて来航したのはマサチューセッツ号、マーガレット号であるが、その交易の中心となったのは日本の希少な美術工芸品であった。

一八〇〇年代に入ると、ヨーロッパでの戦争の影響や近代化の到来により、栄華を誇ったセイラムの海運業にも静かに影が落ち始めた。つまり、セイラム周辺の製造工業の発達や鉄道輸送の充実に伴うボストンでの工業化が進むにつれて、海運は経済環境の変化により、その価値観が崩れたのである。

魔女狩りをめぐって

一六九二年にセイラム・ヴィレッジで起こった魔女狩り騒動は、この地域の名を一躍有名にした。まだ社会が未成熟の時代に起こったこの超自然現象への逃避は、《悪魔憑き》と呼称され、独特な宗教的雰囲気を帯びていた。このような憑依現象の由来は、ヨーロッパの歴史まで遡る必要がある。

もちろん魔女という概念は、洋の東西を問わず古代からあった。ただ天災から病気に至るまで、魔女が関与すると思われていた事象は、中世ヨーロッパにおいてはとりわけ強く信じられており、魔女の使う魔術は《秘蹟》と呼ばれて、神秘主義への傾斜を深めていった。

この魔女伝説を学問的体系として構築したのは、『魔女の槌』（一四八六）を著したヤコブ・シュプレンゲルとハインリヒ・クレーメル、あるいはアンリ・ボゲの『魔女論』（一六〇二）などの解釈書である。しかし、これらの書物には、たとえば旧約聖書の魔女に関する記述に抵触することから神聖冒瀆の畏れがあると危惧する声が纏わりついていた。

やがて、ヨーロッパで起こった魔女旋風は、植民地時代のアメリカにも上陸して、セイラム魔女騒動にまで発展したのである。もっともアメリカでの最初の魔女狩りは、一六四二年にコネティカット州で起こったもので、その時は四十人の女性が訴えられている。これに続くようにメリーランド州やペンシルベニア州での事例が記録に残っているが、規模的には小さいものであった。

セイラムの魔女狩りは、教区牧師サムエル・パリスの九歳の娘エリザベスと十一歳になる姪アビゲイル・ウィリアムズがパリス宅の召使ティチュバ（バルバドス島から連れてこられた奴隷女）と占い遊びなどをしている際に、一種のヒステリー状態に陥ったことから始まる。これが連鎖反応となり、次々と同じ症状を訴える報告がなされていった。セイラムを例にとれば、これによって、魔女として告発された女性は二百人近くに及び、そのうち二十七人が有罪になり、うち十九人がギャローズ・

ヒルで絞首刑（刑の執行は一六九二年の六月十日、七月十九日、八月十九日、九月二十二日であった）に処せられたのである。因みに、ホーソーンの家系の二代目にあたるジョン・ホーソーンがセイラム魔女裁判の判事であったことは夙に知られている。このようにセイラムの魔女狩りが、他の地域に比べて大規模になったのは、セイラムのタウン対ヴィレッジという勢力構図や政治的状況といった様々な軋轢が影響したとする説もあるが、主として近代化への過渡期にあったセイラムの錯綜した文化のるつぼに放り込まれたような社会状況に起因するものと考えられる。

セイラム出身のホーソーンは、この土地を舞台に魔女をテーマとした短編小説「若いグッドマン・ブラウン」（短編集『旧牧師館の苔』所収）を書いた。これは十七世紀のピューリタニズムに根ざして、全体的に陰鬱な雰囲気が支配する心理作品だが、無論、今のセイラムには、この作品に漂う暗澹たる雰囲気や宗教色など微塵も窺えない。市街の中心を走るチェスナット通りやエセックス通りには、栄えた頃の連邦時代様式の建物が立ち並び、時の隆盛を雄弁に語り、十九世紀の記憶の残響と現在の芸術性に富んだ風景がたおやかに交錯して良質で多様な文化を遺している。

読み継がれる珠玉の名作「デイジー・ミラー」

さて、ジェイムズ以前のワシントン・アーヴィングやナサニエル・ホーソーンらが「国際テーマ」を主題にした作品群とは別に、二十世紀アメリカ文学において本格的に「国際テーマ」を扱った作品の嚆矢と見なされる短編小説「デイジー・ミラー」は、十九世紀の古典的な文化風景に彩られたヨーロッパ、すなわちスイスの美しい街ヴェヴェイとイタリアのローマがその舞台となっている。この物語はヨーロッパに根づいたアメリカ人青年ウィンターボーンの視点を通して描かれ、彼がレマン湖畔の小洒落たホテルでアメリカから来た裕福で自由奔放な若い女性デイジー・ミラーと出会うところから始まる。青年はジュネーヴからやって来た。その目的はこのホテルに滞在している伯母に会うためである。

彼女〔デイジー・ミラー〕は白いモスリンを纏い、それには夥しい数のフリルやフラウンスが付いていた。さらに淡い色のリボンが上品に結ばれている。帽子を被っていなかったが、広めの縁に刺繍を施した大きな日傘をさしていた。それにしても、大人の魅力と美しさが一際目立つ素敵な女性だ。「なんて美しい女性なんだろう!」と、ウィンターボーンは思った。そしてベンチから立ち上がろうとするかのように上半身を伸ばして姿勢をシャキッと正そうとした。
（本書一三－一四頁）

彼女はとにかく美しく魅力的な女性だ。しかし、彼はその奔放な行動と言動に戸惑う。迷走の果てに待っていたのは破綻の結末だった。物語の結末はあまりに唐突で劇的だが、両者の間に芽生えた仄かな熱が立ち込めるロマンスは読者を魅了してやまない。

この国際色豊かな秀作「デイジー・ミラー」は、すでに先に触れたゴシック的な要素を融合した『ねじの回転』より二十年前に出版された作品だが、この二作品には「無垢」や「奔放」という属性を表象する共通性が強く認められる。いずれにしても、語り尽くさない終わり方にしばし呆然とするが、これはヘンリー・ジェイムズの作品の中で最も読みやすく、それでいて巧みな心理描写や心象風景で魅せる作品だと言えるだろう。ところで、主人公のデイジー・ミラーが蔓延する熱病の感染性疾患で、なすすべもなく命を落とすという物語の終焉は、あたかも近年の未曽有のパンデミックが蔓延る社会状況下の様相を彷彿とさせるし、そこはかとなく未知の脅威に対する警鐘が響く。さらに加えると、短編小説「デイジー・ミラー」はジュリア・ロバーツ主演のロマンチック・コメディ映画『ノッティングヒルの恋人』（一九九九）に色濃く反映されているだけに留まらず、主人公アナ・スコット（ジュリア・ロバーツ）の心情や立ち振る舞いにもデイジー・ミラーの影がたゆたう。これは人間の深層心理を鋭く抉りながら展開されるヘンリー・ジェイムズ独自の文学世界であるし、まさに「美」と「知」といった属性が柔らかく繊細な旋律を奏でる魅惑的な結晶と言いたい。

表象と実相を読み解く物語「ほんもの」

次の短編小説「ほんもの」は、「芸術もの」の範疇に属す作品の一つで、古典的な価値観が絡みつく自己像と他者像の相克を主題にした作品として読み深めてもよいだろう。いわば、伝統的な価値観と身近な生活意識の対比をそこはかとなく語っているように思える。概して、伝統的な思い込みや深く心を寄せるものばかりを探してしまうと、それに束縛されない状況を無視しがちである。この作品に登場するモナーク少佐の放つ言葉はその典型だろう。

「もちろんご無理のない範囲で結構ですので、私たちをモデルとしてお使いいただけないでしょうか。年齢にそぐわずに、まだシャキッとしておりますので」。背筋をピンと伸ばした正しい姿勢を保っていることが彼らの大きな取り柄であるくらいは、ひと目見てすぐにわかった。先ほどの「もちろんご無理のない範囲で結構です」という紳士の言葉も自惚れているようには響かず、むしろ曖昧さを払拭した。「妻の姿勢の正しさは、およそ他の追随を許しません」。夫のモナーク少佐は妻に向かってこまめに頷きながら、あたかも食後の忌憚のない打ち解けた態度を醸しているかのように言葉を続けた。私としてもまるでワインでも楽しみながら会話に興じているような雰囲気の中で、二人ともなかなか立派な佇まいですよと、返事をするしかなかった。すると少佐は「もし、私たちのような人物を描くことが必要な機会が到来したら、是非とも私たちをそのモデルとしてお使いください。無論、私たちはそれに相応しい人材だと自負しています。特に妻の風貌は、まさに小説に登場する貴婦人にピッタリじゃありませんか、でしょ？」

（本書一三三－一三四頁）

この物語は零落した貴族風の夫婦が、ある全集の挿絵のモデルとして自らを売り込みに画家のアトリエを訪れるところから始まる。その夫婦は自分たちがその種の挿絵のモデルとして役に立つものと思い込み、また一時は画家もそのように考えた。ところが、画家の志向とは逸脱して思うような出来栄えにはならない。むしろ、下層社会に属する娘ミス・チャームやイタリア人青年オロンテをモデルに使ったら、理想的な挿絵となって輝きを放った。そして、画家は「不透明な芸術の世界に向き合うということは不思議なもので、必ずしも素晴らしい上流社会に属すほんものの人士たちが、その立場のモデルとして成功を収める保証はない」と結論づけた。この作品には、事象の表層だけ捉えるのではなく、その実相を掘り起こそうとする、どこか重厚で心理学的な要素を含む包括的な概念が秘められている。けだし名作である。

❖　❖　❖

さて、つれづれなるままに。私はかつて長期にわたってボストン郊外のブルックラインに滞在する機会に恵まれた。この街の周辺には何とも落ち着いた風情が漂う古いアパートが立ち並ぶ。並木道には美しい景観を形成する落葉樹がすっと背を伸ばしていた。そうした清楚な環境に佇むブルックラインの街からヘンリー・ジェイムズが通ったケンブリッジ市にあるハーヴァード大学まで路線バスの直行便を利用すれば、わずか三十分ほどだ。その当時、ハーヴァード大学ワイドナー記念図書館（The Harry Elkins Widener Memorial Library）に別の作家に関する資料を探し求めて足しげく通ったものだ。今はそうした遠い過去のことが懐かしく思い出される。ある日、この図書館で私の目を引いたのがヘンリー・ジェイムズの『ボストニアンズ』である。この物語はジェイムズらしい相変わらず難解で晦渋な筆致で連綿と綴られ、巧みな心理描写が冴えわたる作品といった印象だった。これに関してさらなる有用な資料を保存する図書館があるとの情報をワイドナー記念図書館のレファレンス・ライブラリアンから得た。それはボストン・カレッジのトーマス・P・オニールJr.図書館（Thomas P. O'Neill Jr. Library）だ。早速、そこに期待を込めて足を運ぶ。なるほど図書館の書架に整然と並んだ大量のヘンリー・ジェイムズ関係の書籍群の様子は、まさに壮観そのもの。おかげでこの文豪に纏わる原典の類いや有用な古典文献渉猟に楽しく没頭することができた。ささやかな僥倖にめぐり逢えたひと時だった。

本書は短編小説*Daisy Miller*と*The Real Thing*の全訳である。その訳出にあたって底本としたのは、*Daisy Miller and Other Tales* (Penguin Classics, 2016) と*The Aspern Papers and Other Tales* (Penguin

Classics,2014）に収録されている“The Real Thing”である。また年譜については*Daisy Miller and Other Tales*（Penguin Classics, 2016）に付された“Chronology”を参照した。翻訳する際に幾つかの先行訳から有益な示唆を得ることができた。本書の「訳者解題」における一部の記述は、修正と加筆を施した拙訳書『わが旧牧師館への小径』（平凡社ライブラリー、二〇〇五）からの引用であることをお断りしておきたい。

本書の刊行に際しては、幻戯書房社長の田尻勉さんと担当編集者の中村健太郎さんにお世話になった。あらためて厚く感謝申し上げる次第である。

［著者略歴］

ヘンリー・ジェイムズ［Henry James 1843–1916］

一八四三年にニューヨークで生まれる。一歳年上の実兄は、プラグマティズム思想を標榜する哲学者・心理学者として斯界に確固たる地歩を築いたウィリアム・ジェイムズ。代表作は本書に収めた短編小説「デイジー・ミラー」や「ほんもの」をはじめ、ゴシック小説系の中編小説「ねじの回転」、長編小説『ワシントン・スクウェア』『ある貴婦人の肖像』『ボストニアンズ』『カサマシマ侯爵夫人』『使者たち』など。異文化理解を礎にした文学的融合を意識し、人間の心理の微妙な襞をくすぐる優れた作家として知られる。

［訳者略歴］

齊藤昇［さいとう・のぼる］

一九五五年、山梨生まれ。立正大学大学院博士後期課程修了。文学博士。現在、立正大学文学部教授。専門はアメリカ・ロマン派の文学研究。訳書にワシントン・アーヴィング『ウォルター・スコット邸訪問記』、『ブレイスブリッジ邸』、『スケッチ・ブック（上・下）』（以上、岩波文庫）、ワシントン・アーヴィング『アルハンブラ物語』（光文社古典新訳文庫）、ジョン・スタインベック『ハツカネズミと人間』（講談社文庫）、アーネスト・ヘミングウェイ『老人と海／殺し屋』（文春文庫）など。

〈ルリユール叢書〉

デイジー・ミラー／ほんもの

二〇二五年五月七日　第一刷発行

著者　ヘンリー・ジェイムズ

訳者　齊藤　昇

発行者　田尻　勉

発行所　幻戯書房

郵便番号一〇一－〇〇五二

東京都千代田区神田小川町三－十二　岩崎ビル二階

電話　〇三（五二八三）三九三四

FAX　〇三（五二八三）三九三五

URL　http://www.genki-shobou.co.jp/

印刷・製本　中央精版印刷

ISBN978-4-86488-322-1 C0397

〈ルリユール叢書〉刊行ラインナップ

[以下、続刊予定]

アルキュオネ　力線	ピエール・エルバール[森井良＝訳]
綱渡り	クロード・シモン[芳川泰久＝訳]
スカートをはいたドン・キホーテ	ベニート・ペレス＝ガルドス[大楠栄三＝訳]
汚名柱の記	アレッサンドロ・マンゾーニ[霜田洋祐＝訳]
エネイーダ	イヴァン・コトリャレフスキー[上村正之＝訳]
故ギャレ氏／リバティ・バー	ジョルジュ・シムノン[中村佳子＝訳]
不安な墓場	シリル・コナリー[南佳介＝訳]
撮影技師セラフィーノ・グッビオの手記	ルイジ・ピランデッロ[菊池正和＝訳]
笑う男[上・下]	ヴィクトル・ユゴー[中野芳彦＝訳]
ロンリー・ロンドナーズ	サム・セルヴォン[星野真志＝訳]
箴言と省察	J・W・v・ゲーテ[粂川麻里生＝訳]
パリの秘密[1〜5]	ウージェーヌ・シュー[東辰之介＝訳]
黒い血[上・下]	ルイ・ギユー[三ツ堀広一郎＝訳]
梨の木の下に	テオドーア・フォンターネ[三ッ石祐子＝訳]
殉教者たち[上・下]	シャトーブリアン[高橋久美＝訳]
ポール＝ロワイヤル史概要	ジャン・ラシーヌ[御園敬介＝訳]
水先案内人[上・下]	ジェイムズ・フェニモア・クーパー[関根全宏＝訳]
ノストローモ[上・下]	ジョウゼフ・コンラッド[山本薫＝訳]
雷に打たれた男	ブレーズ・サンドラール[平林通洋＝訳]
サッフォの冒険／エローストラトの生涯	アレッサンドロ・ヴェッリ[菅野類＝訳]
歳月	ヴァージニア・ウルフ[大石健太郎・岩崎雅之＝訳]
過ち	ケイト・ショパン[大串尚代＝訳]

＊順不同、タイトルは仮題、巻数は暫定です。＊この他多数の続刊を予定しています。